COLEC
DEL ESPAÑOL ABC

66 CUENTOS DE MITOLOGÍAS GRIEGAS

* * * * * * * * * * * * * * * * * *

ESPAÑOL-CHINO

* * * * * * * * * * * * * * * * * *

希腊神话故事66则

西汉对照

* * * * * * * * * * * * * * * * * *

编译 王友伶

录音 (西班牙) Jaime Fernández García-Moya 王友伶

東華大學出版社·上海

图书在版编目 (CIP) 数据
希腊神话故事 66 则：西汉对照 / 王友伶编译．—上海：东华大学出版社，2022.8
（西班牙语 ABC 系列丛书）
ISBN 978-7-5669-2080-5
I. ①希… II. ①王… III. ①神话—作品集—古希腊—西、汉 IV. ① I545.73
中国版本图书馆 CIP 数据核字 (2022) 第 111606 号

希腊神话故事 66 则：西汉对照
66 CUENTOS DE MITOLOGÍAS GRIEGAS

王友伶　编译

策　　划：巴别塔工作室
责任编辑：沈　衡
版式设计：莉莉安
封面设计：903design

出版发行：东华大学出版社
社　　址：上海市延安西路 1882 号，200051
出版社官网：http://dhupress.dhu.edu.cn/
出版社邮箱：dhupress@dhu.edu.cn
天猫旗舰店：http://dhdx.tmall.com
发行电话：021-62373056
营销中心：021-62193056　62373056　62379558
投稿及勘误信箱：83808989@qq.com

印　　刷：常熟大宏印刷有限公司
开　　本：787 mm×1092 mm　1/32
印　　张：7.5
字　　数：280 千字
印　　数：0001- 3000 册
版　　次：2022 年 8 月第 1 版　2022 年 8 月第 1 次印刷

ISBN 978-7-5669-2080-5
定价：38.00 元

听力音频获取方式

第一步 扫描本书听力音频二维码

第二步 输入听力音频唯一兑换码（区分大小写）

第三步 兑换成功，扫描听力练习相应版块，免费获取听力音频

兑换码粘贴处

前言
PREFACIO

希腊神话是西方文化和西方文明的发源地，同时也是人类文明的重要组成部分。希腊神话是古希腊人民智慧和经验的结晶，以其丰富的想象力、完整的神族谱系、奇幻的故事情节、鲜活的艺术形象和深邃的思想内涵流传于世。

本书作为“西班牙语 ABC 系列丛书”之一，我们精心选取了 66 个脍炙人口的希腊神话故事，编译了这本希腊神话中西双语读物，以满足广大西班牙语爱好者、学习者读经典、学语言的需求。

本书主要包含了诸神传说、英雄神话、战争与史诗四个主题内容，适合拥有 1500 个词汇的西班牙语学习者阅读。故事文字通俗易懂，大部分为常用词汇，句型结构也相对比较简单。每个故事均有对照的中文译文，并且对中、高级词汇和人名、地名等复杂词汇配有注释，使读者能够在不查阅字典的情况下流利阅读全文。同时，本书还为西语故事制作了音频，使读者能够在阅读的同时跟读文章，练习听力，感受西班牙语的魅力，提高西班牙语阅读能力和听力水平。

在本书的编写过程中，得到了许多专家、友人、同事和学生的大力支持和帮助。在此，我要感谢远在西班牙的好友费尔南德斯一家，特别是 María Victoria García-Moya 女士和 Jaime Fernández 先生，他们通读了本书，并对西语文字进行了细致的修改审校。我还特别感谢东华大学出版社的沈衡编辑，一直激励我、鼓励我，使我萌生了出版一本故事书的想法，也是因为他的专业指导与辛劳付出使本书能够很快与读者见面。还要感谢我 2018 级的学生，孟端端、吴淑娟、李晓芳和陈可妮，她们在资料整理和编译的过程中给予我极大的帮助。此外，还要感谢我的亲人们、朋友们，他们的理解、包容和支持都是我无比坚实的精神支柱。

最后谨以此书献给我亲爱的女儿小午，感谢她对我无条件的爱和理解。即将八岁的女儿正处在自我意识不断增强、对一切未知充满好奇心、求知欲、渴望表达自我、并更主动地融入自然与社会的敏感时期，希望此书能够带领她走进荡气回肠的希腊神话，去感受浪漫动人的神话故事，去领略不一样的精神文明产物，去体会阅读的美好与奇妙。

由于编者水平有限，不足和和疏漏之处，还望广大读者朋友们不吝指正。

编者

2022 年 3 月

于蓉城

目录
ÍNDICE

1. LA CREACIÓN

En un principio solo existía el Caos[1]. Los elementos se encontraban desordenados: el Sol no esparcía[2] su luz, el mar carecía[3] de riberas[4]. Los cuerpos ligeros y pesados chocaban continuamente, hasta que un dios puso fin a esto. Separó el cielo de la tierra, la tierra de las aguas y el aire más puro del más denso[5]. Una voluntad[6] omnipotente[7] formó las fuentes, los estanques, los lagos y los ríos, ordenó los campos, mandó que los árboles se cubrieran de hojas, a las montañas que elevaran sus cimas, y que entre unas y otras, se abrieran valles. Los astros[8] brillaron en el firmamento,[9] los peces surcaron[10] las aguas, los pájaros volaron y los demás animales habitaron la tierra. Así, fue creado el Universo.

Del Caos nace Gea, la tierra, la primera gran diosa de la fecundación[11] de la que nace todo, junto a Eros, el principio creador de la vida. Primero dio a luz[12] a Urano, la bóveda[13] celeste, después los mares y las montañas. Más tarde, Gea y Urano dieron a luz a los doce Titanes[14], los tres Cíclopes[15] y los tres Hecatónquiros[16] gigantes, que poseían[17] cien brazos. Todos ellos no son más que personificaciones[18] de los elementos primordiales[19] de la naturaleza.

1. caos *m.* （宇宙形成前的）混沌
2. esparcir *tr.* 散发
3. carecer *intr.* 缺少
4. ribera *f.* （河、海的）岸，边界
5. denso, sa *adj.* 浓密的，污浊的
6. voluntad *f.* 意志力，决心

1. 创世纪

一开始世界一片混沌。世界上的一切都处于无序之中：太阳没有光芒，大海没有边界。轻巧和沉重的物体不断地碰撞，混作一团。直到一位神灵结束了这一切：他将天空与大地分离、陆地与海洋分隔、将纯净之气与污浊之气分开。他无所不能的神力创造了泉水、池塘、湖泊、河流，他平整田野，让树木长满叶子，使山峰耸立，一座座山峰之间是绿色的山谷。星星在苍穹中闪耀，鱼儿在水中游弋，鸟儿在空中飞翔，其他动物在陆地上栖息。就这样，宇宙诞生了。

在混沌中诞生了大地女神盖亚，万物都由她孕育而生，包括厄洛斯，生命最初的创造者。盖亚生下的第一个孩子是天神乌拉诺斯，然后是海洋之神和山神。后来，盖亚和乌拉诺斯生下了十二个泰坦神、三个独眼巨人和三个百臂巨人。所有这些都只不过是自然界原始元素的化身。

---

7. omnipotente *adj.* 万能的，至高无上的
8. astro *m.* 星星，天体
9. firmamento *m.* 苍穹，天空
10. surcar *tr.* （在水面或天空）游过，掠过
11. fecuandación *f.* 孕育
12. dar a luz 生产，分娩
13. bóveda *f.* 拱顶，此处 bóveda celeste 意为“苍穹，天空”
14. Titán *m.* 泰坦神（巨人族成员），此处为其复数形式
15. Cíclope *m.* 独眼巨人
16. Hecatónquiro *m.* 百臂巨人
17. poseer *tr.* 拥有
18. personificación *f.* 化身
19. primordial *adj.* 原始的，基本的

2. LOS TITANES

Los Titanes, de enorme tamaño, eran doce: seis hombres: Océano[1], Ceo[2], Crío[3], Hiperión[4], Jápeto[5] y Cronos[6] que era muy perverso[7] y seis mujeres o Titánides[8]: Tía,[9] Rea[10], Temis[11], Mnemósine[12], Febe[13] y Tetis[14]. Se les conoce como los Antiguos Dioses y tras la caída de Urano, fueron durante mucho tiempo los dueños supremos[15] del universo.

---

1. Océano 俄刻阿诺斯，希腊神话中大洋河的河神，一切河流之父
2. Ceo 科俄斯，北方与黑暗之神
3. Crío 克利俄斯，南方与星辰之神
4. Hiperión 许珀里翁，东方与光明之神
5. Jápeto 伊阿珀托斯，西方与言论之神
6. Cronos 克洛诺斯，泰坦第二代神王
7. perverso, sa *adj.* 邪恶的，凶险的
8. titánide 女泰坦
9. Tía 堤亚，无明确主司，众光明女神之母
10. Rea 瑞亚，泰坦第二代神后
11. Temis 忒弥斯，大地秩序和正义女神
12. Mnemósine 谟涅摩叙涅，记忆女神，缪斯女神之母
13. Febe 福柏，无明确主司，传统上与神谕有联系
14. Tetis 忒堤斯，沧海女神，所有江河湖海之母
15. supremo, ma *adj.* 最高的，至高无上的

2. 泰坦神

巨人族泰坦有十二个人：六个男人，即俄刻阿诺斯、科俄斯、克利俄斯、许珀里翁、伊阿珀托斯和非常邪恶的克洛诺斯；六个女人或女泰坦，即堤亚、瑞亚、忒弥斯、谟涅摩叙涅、福柏和忒堤斯。他们被称为上古之神，在乌拉诺斯陨落之后，很长一段时间内他们都是宇宙至高无上的主人。

3. GEA Y URANO

Fueron los padres de las primeras generaciones de dioses. Urano se volvió poderoso, incluso más que la diosa Gea, y comenzó a reinar[1] sobre todas las cosas, por lo que ésta pidió ayuda al más pequeño de sus hijos, el titán Cronos.

Urano desconfiaba[2] de sus hijos, temía[3] que uno de ellos le despojara[4] del poder en el universo. Y por eso no les permitía ver la luz. Los mantenía encerrados[5] en las profundidades[6] de la tierra, es decir, en el vientre[7] de su propia madre. Era un lugar oscuro y desagradable, y se llamaba Tártaro. Gea no soportaba[8] ya la tremenda[9] carga[10] de tantos hijos aprisionados[11] dentro de su cuerpo y sufría también por ellos y por su triste destino[12]. Por eso, les dio una hoz[13] mágica con la que enfrentarse[14] a Urano, pero los hijos, aunque eran fuertes y poderosos, se sentían pequeños frente a su padre, el inmenso[15] cielo estrellado y no se atrevían[16] a asomarse[17] fuera de la madre Tierra. Sólo el joven Cronos, el menor de los Titanes, estuvo dispuesto[18] a ayudarla, pero no solo fue por amor a su madre, sino porque, tal y como temía Urano, planeaba quedarse con[19] todo el poder.

1. reinar *tr.* 统治
2. desconfiar *intr.* 不信任
3. temer *tr.* 害怕，担心
4. despojar *tr.* 剥夺，夺去
5. encerrado, da *p.p* de encerrar 关押，禁闭
6. profundidad *f.* 深处
7. vientre *m.* 肚子
8. soportar *tr.* 承受

3. 盖亚和乌拉诺斯

他们是第一代神灵的父母。乌拉诺斯变得强大，甚至超过了大地女神盖亚，并开始统治万物。 所以她向她最小的孩子泰坦神克洛诺斯寻求帮助。

乌拉诺斯不信任他的孩子，害怕他们中的某一个会剥夺自己在宇宙中的权力，因此他不允许孩子们看到光明，把他们锁在了地底深处，也就是他们母亲的肚子里。这是一个阴暗、令人不适的地方，它被称为塔尔塔罗斯。这么多孩子囚禁在她身体里，使盖亚无法承受这巨大负担，同时她也为孩子们和他们悲惨的命运而感到心痛。为此，她给了孩子们一把魔镰，用来对抗乌拉诺斯。虽然孩子们强壮有力，但在天神父亲面前显得很渺小，不敢从大地母亲的肚子里出来。只有泰坦中最小的克洛诺斯愿意帮助她，但这不仅仅是出于对母亲的爱，而是正如乌拉诺斯担心的那样，他打算将所有的权力据为己有。

---

9. tremendo, da *adj.* 巨大的，可怕的
10. carga *f.* 负担
11. aprisionado, da *adj.* 被囚禁的
12. destino *m.* 命运
13. hoz *f.* 镰刀
14. enfrentarse *prnl.* 对抗，面对
15. inmenso, sa *adj.* 广阔无垠的，巨大的
16. atreverse *prnl.* 敢于
17. aomarse *prnl.* 探头，探身
18. dispuesto, ta *adj.* 准备好的，打算好的
19. quedarse con algo 把某物据为己有

Una noche, cuando Urano llegó trayendo consigo la oscuridad, que cayó sobre la tierra, envolviéndola en sus brazos, su hijo Cronos le cortó los genitales[20] con la hoz que su madre le había entregado, y los arrojó[21] al mar. En ese lugar rodeado de espuma[22], nació la más hermosa de las deidades[23], Afrodita[24], la diosa de la belleza y el amor. La sangre derramada[25] volvió a fecundar la tierra. De allí nacieron las Erinias, espíritus vengadores de los crímenes de sangre, los Gigantes y las ninfas[26] Melíades.

– Maldito seas –, gritó Urano, – yo te maldigo[27] para que uno de tus hijos haga lo que tú has hecho conmigo –. Entretanto, Cronos le había prometido a su madre liberar a sus hermanos, pero cuando vio a los Cíclopes y a los Hecantóquiros de aspecto tan aterrador[28], decidió que era mejor volver a encadenar[29] a estos monstruos[30]. Solo los Titanes quedaron libres y lo ayudaron a gobernar. Urano no murió, pero ya no tenía el poder, ahora era Cronos, el joven Titán de mente retorcida[31], el que reinaba sobre el universo.

---

20. genital *m.pl* 生殖器
21. arrojar *tr.* 扔，抛
22. espuma *f.* 泡沫
23. deidad *f.* 神明
24. Afrodita 阿佛洛狄忒，希腊神话中代表爱情和美丽的女神
25. derramado, da p.p. de derramarse prnl. 溢出，流出
26. ninfa *f.* 【神话】（山林水泽中的）仙女
27. maldecir *tr.* 诅咒
28. aterrador, ra *adj.* 可怕的
29. encadenar *tr.* （用锁链）锁住
30. monstruo *m.* 怪物
31. retorcido, da *adj.* 居心叵测的

一天晚上，天神乌拉诺斯带着黑暗降临到地球，将盖亚拥入怀中，她的儿子克洛诺斯用母亲给他的镰刀割下了父亲的生殖器，并扔进了海里，在那个溅起泡沫的地方，诞生了最美丽的神明阿佛洛狄忒，即美神与爱神。溢出的鲜血再次使盖亚受孕。从那里诞生了为血腥罪行的复仇之神厄里尼厄斯、巨人和仙女墨利埃。

“该死的，”乌拉诺斯喊道，“我诅咒你，你也将像我一样被自己的儿子推翻。”与此同时，克洛诺斯已经答应他的母亲释放他的兄弟们，但当他看到面貌如此可怕的独眼巨人和百臂巨人时，他决定重新把这些怪物锁起来。只有泰坦神恢复了自由并帮助克洛诺斯统治。乌拉诺斯没有死，但他不再拥有权力。现在，这个居心叵测的年轻泰坦克洛诺斯统治着宇宙。

4. LOS HIJOS DE CRONOS

Después de destronar[1] a sus padres, el joven Titán Cronos se casó con[2] la Titánida Rea. Tuvieron seis hijos. Pero Cronos no olvidaba la maldición[3] de su padre Urano; decidió que ninguno de sus pequeños crecería lo suficiente como para enfrentarse con él. Simplemente, decidió comérselos vivos.

Y así fue. Primero nació la pequeña Hestia[4]. Su madre apenas había podido envolverla en pañales[5] cuando Cronos la tomó con sus enormes manos y la devoró[6] en unos instantes. Rea, muerta de dolor, no podía creer lo que estaba viendo. Uno por uno, Cronos iba devorando a sus hijos. Apenas alcanzaba su madre a ponerles nombre, cuando ya se habían convertido en el alimento de su malvado[7] y horroroso[8] padre.

Rea estaba en su sexto[9] mes de embarazo[10] cuando pidió ayuda a su madre Gea para salvar a su bebé. Siguiendo[11] los consejos[12] de su madre, Rea le dijo a su marido que debía hacer un viaje a la isla de Creta. Allí, en medio de un bosque espeso, había una profunda caverna[13], donde se ocultó[14] para parir[15] a Zeus. Gea, la Madre Tierra se hizo cargo[16] de él. Una cabra[17] le daba su leche y las abejas le servían una estupenda[18] y exquisita[19] miel.

---

1. destronar *tr.* 废黜，使失去权势
2. casarse con 与某人结婚
3. maldición *f.* 诅咒
4. Hestia 赫斯提亚，克洛诺斯和瑞亚最大的孩子，奥林匹斯三大处女神之一
5. pañal *m.pl.* 襁褓
6. devorar *tr.* 吃掉，吞噬
7. malvado, da *adj.* 恶毒的，邪恶的
8. horroroso, sa *adj.* 可怕的

4. 克洛诺斯之子

在废黜双亲后，年轻的泰坦克洛诺斯娶了泰坦瑞亚。他们有六个孩子。但克洛诺斯并没有忘记父亲乌拉诺斯的诅咒，他决定不让孩子长大来对抗他。克洛诺斯决定用最简单的方法，那就是活生生地吃掉他们。

就这样，小赫斯提亚先出生了。她的母亲还没来得及用襁褓包裹住她，克洛诺斯就用他的大手抓住了她一口吞掉了。瑞亚悲痛欲绝，简直不敢相信自己所看到的。就这样，克洛诺斯一个接一个地吞噬掉他的孩子。他们的母亲还没来得及给他们起名字，他们就已经成为了自己那邪恶而可怕的父亲的盘中餐。

当瑞亚向她的母亲盖亚寻求帮助以拯救她的孩子时，她已经怀孕六个月了。在母亲的建议下，瑞亚告诉丈夫她要去克里特岛。在岛上的一片茂密的森林中，有一个很深的洞穴，她藏在那里生下了宙斯。大地母亲盖亚照顾着他。山羊给他哺乳，蜜蜂为他酿造美味的蜂蜜。

---

9. sexto, ta *adj.* 第六
10. embarazo *m.* 怀孕，孕期
11. seguir *tr.* 听从
12. consejo *m.* 建议
13. caverna *f.* 洞穴
14. ocultarse *prnl.* 躲藏
15. parir *tr./intr.* 分娩，生产
16. hacerse cargo de alguien o una cosa 负责，照料
17. cabra *f.* 山羊
18. estupendo, da *adj.* 极好的
19. exquisito, ta *adj.* 美味的

Entretanto Rea volvió con su marido, quejándose[20] como si en ese momento estuviera pariendo. Poco después le entregó a Cronos lo que parecía un bebé, su sexto hijo. Solo le pareció que era más pesado que los anteriores: lo que le había dado su esposa era una enorme piedra envuelta en los pañales quien se la tragó[21] sin sospechar[22] el engaño[23]. Zeus creció rápidamente y en un año se convirtió en un dios adulto y fuerte. Su abuela Gea le tenía preparado un plan para librarse[24] del malvado Cronos, pero antes era necesario que Zeus recuperara[25] a sus hermanos. Con ayuda de Rea, hicieron tragar a Cronos una poción[26] mágica con lo que devolvió la vida a todos sus hijos. De este modo, volvieron a la vida Deméter, Hestia, Hera, Hades, Poseidón y se fueron a vivir al monte Olimpo.

---

20. quejarse *prnl.* 呻吟
21. tragar(se) *tr.-prnl.* 吞，咽
22. sospechar *tr.* 怀疑
23. engaño *m.* 欺骗，骗局
24. librarse *prnl.* 摆脱，逃脱
25. recuperar *tr.* 解救
26. poción *f.* 药水

与此同时，瑞亚回到了丈夫身边，她呻吟着就好像她正在分娩一样。不久之后，她给了克洛诺斯一个看起来像婴儿一样的东西，这是她的第六个孩子。他只觉得比之前的孩子要重一些：原来他的妻子给他的是一块裹在襁褓中的巨大石头，但他毫不怀疑地吞下了它。宙斯成长迅速，一年就长大成人，成为了强大的神。他的祖母盖亚已经为他制定了一个计划来摆脱邪恶的克洛诺斯，但宙斯需要先解救他的兄弟们。在瑞亚的帮助下，他们让克洛诺斯吞下了一种神奇的药水，使得所有的孩子都复活了。就这样，得墨忒耳、赫斯提亚、赫拉、哈迪斯、波塞冬都活了过来，并前往奥林匹斯山居住。

5. ZEUS

Como Zeus liberó a sus tíos paternos, los Cíclopes que Cronos había mantenido encadenados, estos, en agradecimiento[1] por haberlos liberado de tantos años de esclavitud[2], le regalaron el trueno, el rayo y el relámpago[3]. En ese momento también le regalaron a Poseidón el tridente[4] y a Hades, un casco[5] que lo hacía invisible[6]. Con estas armas poderosas Zeus reinó sobre mortales[7] e inmortales.

En el palacio del Olimpo Zeus tenía un trono[8] de mármol[9]. Por encima del trono había una cubierta azul para mostrar que el cielo le pertenecía[10] solo a él. El trono estaba cubierto por una piel de cordero[11] color púrpura[12] que utilizaba para hacer llover en épocas de sequía[13].

---

1. en agradecimiento por 作为对某事的感谢
2. esclavitud *f.* 奴役
3. relámpago *m.* 闪电
4. tridente *m.* 三叉戟
5. casco *m.* 头盔
6. invisible *adj.* 看不见的，隐形的
7. mortal *adj.* 终有一死的 *m.* 人，凡人
8. trono *m.* 宝座
9. mármol *m.* 大理石
10. pertenecer *intr.* 属于
11. cordero *m.* 羊羔
12. púpura *f.* 紫红色
13. sequía *f.* 干旱

5. 宙斯

宙斯释放了被克洛诺斯用锁链锁着的叔叔们，也就是那些独眼巨人。为了感谢他将他们从这么多年的奴役中解放出来，独眼巨人们将雷鸣和闪电作为礼物送给了宙斯。同时他们还送给了波塞冬一把三叉戟，送给哈迪斯一个可以让他隐形的头盔。凭借这些强大的武器，宙斯统治着凡人和诸神。

在奥林匹斯山的宫殿里，宙斯有一个大理石宝座。宝座上方有一个蓝色的罩子，表示天空只属于他。宝座上覆盖着紫色的羊皮，宙斯在干旱时用它降雨。

Zeus era fuerte, arrogante[14], caprichoso[15], violento y bastante ruidoso. Podía matar a cualquier enemigo que tuviera ganas lanzándole poderosos rayos y certeros[16] truenos. Cuando se enojaba[17] podía provocar fuertes tormentas[18] y grandes inundaciones[19] que mantenían a los hombres intranquilos.

Zeus tenía una espesa cabellera con rulos[20] y una barba también enrulada. Una corona de laureles[21] ceñía[22] su cabeza. Llevaba el torso[23] desnudo[24] y un manto le cubría la espalda. Zeus también podía transformarse[25] en animal o en cualquier cosa para conseguir[26] lo que deseaba.

---

14. arrogante *adj.* 傲慢的
15. caprichoso, sa *adj.* 反复无常的
16. certero, ra *adj.* 精准的，一发即中的
17. enojarse *prnl.* 生气
18. tormenta *f.* 暴风雨
19. inundación *f.* 洪水
20. rulo *m.* 卷发
21. laurel *m.* 月桂树
22. ceñir *tr.* 缠，绕
23. torso *m.* 身体
24. desnudo, da *adj.* 裸体的
25. transformarse en... 变成……
26. conseguir *tr.* 获得

宙斯强壮、傲慢、反复无常、暴力，而且声音洪亮。只要射出强大的闪电和精准的天雷，他就可以杀死任何敌人。他生气时，怒火会引起猛烈的风暴和洪水，使人类陷入骚乱。

宙斯有一头浓密的卷发和卷曲的胡须。他的头上戴着月桂花环，全身赤裸，身披斗篷。宙斯也可以将自己变成动物或任何样子来获得他想要的东西。

6. HERA

La esposa de Zeus se llamaba Hera. Tenía un trono de marfil, justo al lado de su marido con tres escalones[1] de cristal. Una luna llena brillante colgaba[2] por encima del trono balanceándose[3] con la brisa[4].

Zeus tenía la mala costumbre[5] de casarse con mujeres mortales todo el tiempo. Sus novias pronto envejecían[6] y morían, pero Hera se mantenía[7] siempre joven y hermosa. Zeus estuvo pidiéndole[8] que se casara con él, año tras año durante trescientos años y Hera siempre se negaba[9].

Una primavera se le ocurrió[10] a Zeus transformarse en un pobre gorrión[11] asustado sorprendido por la tormenta y golpeó[12] su ventana con el pico[13], Hera, que amaba los pájaros, apiadándose[14] del pobre gorrión permitió[15] que entrara en su habitación, este sacudió[16] sus alas y ella tomándolo dulcemente[17] entre sus manos le dijo: Pobre gorrioncito, te amo. Entonces Zeus cambiando nuevamente de aspecto le dijo: Ahora debes casarte conmigo.

---

1. escalón *m.* 台阶
2. colgar *tr./intr.* 悬挂
3. balancear *intr.* 摆动，摇晃
4. brisa *f.* 微风
5. costumbre *f.* 习惯
6. envejecer *intr.* 变老，衰老
7. mantener(se) *tr./prnl.* 保持，维持
8. pedir *tr.* 要求，请求
9. negar(se) *tr./prnl.* 拒绝

6. 赫拉

宙斯的妻子名叫赫拉。她有一个象牙宝座，就在她丈夫的旁边，有三级玻璃台阶。一轮明月高悬在宝座之上，在微风中摇曳。

宙斯有一个坏习惯，总是和凡间的女人结婚。他的女朋友们很快就老了死了，但赫拉总是年轻漂亮。宙斯向她求婚，三百年来年复一年，赫拉始终拒绝。

一年春天，宙斯突然变成一只被暴风雨吓到的可怜的麻雀，用喙敲打她的窗户，爱鸟的赫拉怜悯这只可怜的麻雀，让它进入她的房间，它摇了摇翅膀，赫拉温柔地把它接在手上，说：可怜的小麻雀，我爱你。然后宙斯再次变了样貌，对赫拉说："现在你必须嫁给我。"

---

10. ocurrírselo 某人突然想到
11. gorrión *m.* 麻雀
12. golpear *tr.* 敲打，击打
13. pico *m.* 鸟喙
14. apiadarse *prnl.* 怜悯，同情
15. permitir *tr.* 允许
16. sacudir *tr.* 摇晃，颤动
17. dulcemente *adv.* 温柔地

A pesar del mal comportamiento[18] de Zeus, Hera se sintió forzada[19] por las circunstancias[20] a casarse con Zeus. Quiso de esta manera ser un modelo[21] para todos los demás dioses y mortales convirtiéndose en Madre del Cielo.

18. comportamiento *m.* 行为
19. forzado, da *adj.* 被迫的
20. circunstancia *f.* 形势
21. modelo *m.* 榜样

尽管宙斯的行为不端，赫拉还是迫于形势不得不嫁给了宙斯。她想通过成为天空之母这种方式，变成所有其他神灵和凡人的榜样。

7. POSEIDÓN

Dios de ríos, mares y océanos, también tenía un trono importante de mármol pulido[1] ornamentado[2] con corales[3], madreperlas[4] y oro.

Su única arma era el tridente, obsequio[5] de los Cíclopes, que blandía[6] para revolver[7] el mar, como si fuera un cucharón[8], provocando remolinos[9] que hacían naufragar[10] a los barcos más seguros.

Poseidón era hermano de Zeus. También hijo de Cronos y Rea. Dice la leyenda que Poseidón se salvó de ser engullido[11] por su padre porque Rea le dio un potrillo[12] en lugar de su hijo y Cronos se lo comió sin darse cuenta. A pesar de ser el dios de los mares, Poseidón jamás[13] se trasladaba[14] en barco. Utilizaba un carruaje[15] tirado por caballos blancos.

---

1. pulido, da *adj.* 抛光的，光洁的
2. ornamentado *p.p.* de ornamentar 装饰
3. coral *m.* 珊瑚
4. madreperla *f.* 珍珠母
5. obsequio *m.* 礼物
6. blandir *tr.* 挥动
7. revolver *tr.* 搅动
8. cucharón *m.* 大勺子
9. remolino *m.* 漩涡
10. naufragar *intr.* 沉没，遇难
11. engullido *p.p.* de engullir 狼吞虎咽
12. potrillo *m.* 小马驹
13. jamás *adv.* 从未
14. trasladarse *prnl.* 迁移
15. carruaje *m.* 车

7. 波塞冬

波塞冬是河流和海洋之神，他同样有一个重要的抛光大理石宝座，上面装饰着珊瑚、珍珠母和黄金。

波塞冬唯一的武器是独眼巨人送的三叉戟。三叉戟能搅动大海，就像一把巨大的勺子，形成漩涡，哪怕最安全的船只也会沉没。

波塞冬是宙斯的哥哥，也是克洛诺斯和瑞亚的儿子。根据传说，波塞冬之所以能免于被父亲克洛诺斯吞食，是因为他的母亲瑞亚用一匹小马驹代替了他，而克洛诺斯对此毫无察觉。尽管是海神，但波塞冬从不乘船旅行。他乘坐的是一辆由白马牵引的马车。

Poseidón tenía un palacio privado bajo el mar. Era un palacio fastuoso[16] decorado[17] con caracolas[18], corales, madreperlas, estrellas, caballitos[19] de mar y habitado por criaturas[20] marinas[21] que le hacían compañía[22] cuando se trasladaba de un lugar a otro.

Poseidón mandó construir ese palacio para su bella esposa Anfitrite. Poseidón era muy muy feo y Anfitrite no lo quería como esposo. Cuando le propuso matrimonio[23], se asustó tanto que se internó[24] en el mar pero Poseidón envió a unos delfines[25] para traerla de vuelta. De esa unión nació un hijo, Tritón tenía la cabeza y la mitad del cuerpo como los hombres y la otra mitad se alargaba[26] con la cola[27] de un pez. Poseidón no vivía todo el tiempo en el palacio submarino[28], sino que se trasladaba cuando necesitaba descansar o estaba irritado[29], entonces tomaba su carruaje y se adentraba[30] en las profundidades del mar hasta que se le pasaba la rabia[31].

---

16. fastuoso, sa *adj.* 豪华的
17. decorado *p.p.* de decorar 装饰
18. caracola *f.* 海螺
19. caballito de mar *m.* 海马
20. criatura *f.* 动物
21. marino, na *adj.* 海洋的
22. compañía *f.* 陪伴
23. matrimonio *m.* 婚姻
24. internarse *prnl.* 进入，深入
25. delfín *m.* 海豚
26. alargarse *prnl.* 延长，变长
27. cola *f.* 鱼尾
28. submarino, na *adj.* 海底的
29. irrtado, ta *adj.* 生气的
30. adentrarse *prnl.* 进入
31. rabia *f.* 怒火

波塞冬在帕克索斯附近的海底有一座私人宫殿。这是一座用海螺、珊瑚、珍珠母、星星、海马装饰的豪华宫殿，里面居住着海洋生物，当他从一个地方到另一个地方时，这些海洋生物一直陪伴着他。

波塞冬为他美丽的妻子安菲特里忒建造了这座宫殿。波塞冬非常非常丑陋，安菲特里忒不想让他做丈夫。当他向她求婚时，她吓得跳进了海里。但是波塞冬让海豚把她带了回来，于是有了一个儿子，叫特里同。特里同的头和一半身体像人，另一半则像一条鱼尾。波塞冬并没有一直住在水下宫殿里，而是在需要休息或感到生气的时候才坐上马车潜入深海，直到怒火平息为止。

8. DEMÉTER

Del lado contrario[1] a Poseidón y cerca de Hera estaba ubicado el trono de Deméter.

Deméter era la diosa de los granos[2], los frutos[3] comestibles[4] y las pasturas[5]. Ella les enseñó a los hombres los principios[6] de la agricultura[7]: preparar la tierra para plantar y cosechar[8] para que abandonaran[9] la vida nómade[10].

Deméter estaba siempre triste. Sonreía solamente una vez al año, durante la primavera y el verano, cuando la visitaba su hija Perséfone[11]. Se ponía tan contenta que dejaba que todos los vegetales[12] crecieran[13] y fructificaran[14]. De allí surgen[15] las estaciones[16] del año.

Perséfone estaba casada con Hades, dios de los muertos, que la había raptado[17] mientras miraba un narciso[18], llevándosela con él a vivir bajo la tierra entre las tinieblas[19]. Su madre la buscó durante muchísimo tiempo tratando[20] de encontrarla. Finalmente pactó[21] con Hades que pasaría la mitad del tiempo con él y la otra mitad con ella.

---

1. contrario, ria *adj.* 相反的，对立的
2. grano *m.* 谷物
3. fruto *m.* 果实
4. comestible *adj.* 能吃的
5. pastura *f.* 牧草
6. principio *m.* 原理
7. agricultura *f.* 农业
8. cosechar *tr.* 收割
9. abandonar *tr.* 放弃，远离
10. nómade *adj.* 游牧的

8. 得墨忒尔

在波塞冬的对面，靠近赫拉的是得墨忒尔的宝座。

得墨忒尔是谷物、果实和牧草女神。她教导人们关于农业的原理：开垦种植和收割土地，让他们不再过游牧生活。

得墨忒尔总是很伤心。只有她的女儿珀尔塞福涅在每年春夏时节回来看望她时才会笑。她一高兴，就会让所有的植物都生长结果。于是就有了一年四季。

珀尔塞福涅嫁给了冥王哈迪斯，哈迪斯在她观赏水仙花时绑架了她，带着她一起生活在黑暗的地下。她的母亲花了很长时间寻找女儿，最终她和冥王约定，珀尔塞福涅一半时间陪他，另一半时间陪母亲。

---

11. Perséfone 珀尔塞福涅，冥界的王后，宙斯与得墨忒尔之女
12. vegetal *m.* 植物
13. crecer *intr.* 生长
14. fructificar *intr.* 结果实
15. surgir *intr.* 出现
16. estación *f.* 季节
17. raptar *tr.* 绑架，拐骗
18. narciso *m.* 束水仙花
19. tiniebla *f.* 黑暗
20. tratar de 试图，努力
21. pactar *tr.* 约定，商定

Por esa razón al otoño y al invierno se lo asocia con el tiempo en que Perséfone vive con Hades en las profundidades[22] de las tinieblas y a la primavera y el verano con el tiempo que Perséfone pasa con su madre, Deméter.

---

22. profundidad *f.* 深处

出于这个原因，当珀尔塞福涅与冥王在黑暗的地底生活时，就是秋天和冬天；当珀尔塞福涅和她的母亲得墨忒尔一起时，就是春天和夏天。

9. HEFESTO

Junto a Poseidón se sentaba Hefesto.

Hefesto era hijo de Zeus y Hera. Era el más feo de todos los dioses. Como nació defectuoso[1], Hera lo arrojó por encima de la muralla pero cayó al mar y se salvó. Se salvó de morir pero se lastimó[2] una pierna y tuvieron que amputarla[3] y desde entonces usaba como prótesis[4] una pierna de hierro.

Hefesto era muy hábil[5] para los trabajos manuales[6]. Era el dios de los orfebres[7], joyeros[8], albañiles[9] y carpinteros[10].

Hefesto construyó todos los tronos del palacio en su propio taller y su trono era una obra maestra[11] de ingeniería[12] ya que mediante un mecanismo, podía balancearse[13], inclinarse[14] y rodar[15]. Lo armó con toda clase de metales y piedras preciosas.

1. defectuoso, sa *adj.* 有缺陷的
2. lastimar *tr.* 损伤，伤害
3. amputar *tr.* 截断，切除（肢体、器官）
4. prótesis *f.* 假肢
5. hábil *adj.* 灵巧的，熟练的
6. manual *adj.* 手工的
7. orfebre *m.* 金银匠
8. joyero *m.* 首饰匠
9. albañil *m.* 泥瓦匠
10. carpintero *m.* 木匠
11. maestro, ra *adj.* 杰出的，精湛的
12. ingeniería *f.* 工程
13. balancearse *prnl.* 摆动
14. inclinarse *prnl.* 倾斜
15. rodar *intr.* 转动

9. 赫菲斯托斯

波塞冬旁边坐着赫菲斯托斯。

赫菲斯托斯是宙斯和赫拉的儿子，是众神中最丑的神。由于他生来有缺陷，赫拉把他扔到墙外，但他掉进了海里，得救了。赫菲斯托斯幸免于难，但腿却受伤了，不得不截肢。此后他一直使用铁腿作为假肢。

赫菲斯托斯非常擅长手工活儿。他是金银匠、首饰匠、泥瓦匠和木匠之神。

赫菲斯托斯在他自己的作坊里建造了宫殿里所有的宝座，他的宝座是一个工程杰作，因为通过一个机械装置，它可以摆动、倾斜和转动。宝座上装饰有各种金属和宝石。

10. ATENEA

Atenea era la diosa de la sabiduría[1]. Fue la que le enseñó a Hefesto a manejar[2] las herramientas[3] que luego utilizaría para hacer tantos objetos hermosos.

Atenea era la que más conocimientos tenía sobre cerámica[4], cestería[5], tejido[6] y otras artesanías[7]. Es la protectora de las ciudades y la vida civilizada.

Atenea no nació de mujer sino que saltó de la cabeza de Zeus siendo ya adulta y vestida con una armadura[8]. Sucedió que Zeus se tragó a su primera esposa, Metis estando embarazada porque le habían dicho que si Metis tenía un hijo, iba a destronarlo[9]. Luego de tragarla, Zeus sufrió terribles dolores, entonces permitió que otro dios le abriera la cabeza de un hachazo[10] para ver si conseguía alguna clase de alivio y de su cabeza surgió Atenea.

Zeus quedó prendado[11] de su hija y le permitió usar su rayo y su escudo[12].

Ella vestía una hermosa armadura pero nunca iba a la guerra a menos que[13] se sintiera obligada[14] porque no le gustaban las disputas. Si peleaba, siempre ganaba.

Su emblema[15] era la lechuza[16]. Su ciudad, Atenas[17]. Su árbol, el olivo[18].

1. sabiduría *f.* 智慧
2. manejar *tr.* 使用，掌握
3. herramienta *f.* 工具
4. cerámica *f.* 制陶
5. cestería *f.* 编筐
6. tejido *m.* 纺织

10. 雅典娜

雅典娜是智慧女神。她教会了赫菲斯托斯使用工具，并且用这些工具制作了许多精美的物品。

雅典娜是最了解制作陶器、编筐、纺织和其他手工艺的人。她是城市和文明生活的保护者。

雅典娜不是女人所生，而是穿着盔甲从宙斯的头上蹦出来的，而且一出生就已经成年。这是因为宙斯吞下了他当时尚在怀孕的第一任妻子墨提斯，因为有人告诉他，如果墨提斯生了一个儿子，这个孩子就会废黜他。吞下墨提斯后，宙斯痛苦万分，于是让另一位神用斧头将他的头颅劈开，看看是否能得到某种解脱，于是雅典娜就从他的头颅里跳了出来。

宙斯爱上了他的女儿，允许她使用自己的闪电和盾牌。

虽然雅典娜穿着漂亮的盔甲，但她从不参战，除非实在有必要，因为她不喜欢争斗。如果有战斗，她总是获胜。

她的标志是猫头鹰、雅典城和橄榄树。

---

7. artesanía *f.* 手工艺
8. armadura *f.* 盔甲
9. destronar *tr.* 废黜，使失去权势
10. hachazo *m.* 斧劈
11. prendado *p.p.* de prendarse 喜爱，迷上
12. escudo *m.* 盾牌
13. a menos que 除非
14. obligado, da *adj.* 必须的，必不可免的
15. emblema *m.* 标志，徽章
16. lechuza *f.* 猫头鹰
17. Atenas 雅典城
18. olivo *m.* 油橄榄树

11. AFRODITA

Al lado del trono de Atenea estaba el trono de Afrodita, diosa del amor, la belleza y el matrimonio.

El viento sur la encontró flotando[1] sobre una concha[2] marina cerca de la isla de Chipre y la impulsó con la brisa[3] hacia la costa.

El trono de Afrodita era de plata pura y su asiento estaba cubierto de plumas de cisne[4]. Bajo sus pies descansaba una alfombra[5] dorada[6], bordada[7] con abejas doradas, manzanas y loros[8].

Zeus le dio por esposo a su hijo Hefesto. Afrodita no estaba conforme con esta decisión porque Hefesto era feo y cojeaba[9].

Cuando Hefesto se quejaba ante Zeus, este le respondía que la culpa era suya por haberle regalado la faja[10] mágica. Afrodita usaba la faja mágica ajustada a su cintura[11]. Siempre que usaba la faja los hombres quedaban locamente enamorados de ella.

Afrodita tuvo muchos hijos pero el más conocido era Eros, dios del amor que se desplazaba[12] volando, arrojando[13] flechas a los hombres haciendo que se enamorasen de la primera persona que se les cruzase[14].Cuando alguien se enamora, muchas veces se dice que le flecharon.

1. flotar *intr.* 漂浮
2. concha *f.* 贝壳
3. brisa *f.* 微风
4. cisne *m.* 天鹅
5. alfombra *f.* 地毯
6. dorado, da *adj.* 镀金的，金黄色的

11. 阿佛洛狄忒

雅典娜宝座的旁边是爱神、美神与婚姻女神阿佛洛狄忒的宝座。

南风发现她漂浮在塞浦路斯岛附近的贝壳上，便将其吹向海岸。

阿佛洛狄忒的宝座是纯银的，宝座上覆盖着天鹅羽毛。她的脚下铺着一条金色的地毯，上面绣着金色的蜜蜂、苹果和鹦鹉。

宙斯让自己的儿子赫菲斯托斯作她的丈夫。阿佛洛狄忒对这个决定并不满意，因为赫菲斯托斯长得丑陋，一瘸一拐。

当赫菲斯托斯向宙斯抱怨时，宙斯却回答说是他的错，因为宙斯给了她一条魔法腰带。阿佛洛狄忒把腰带紧紧地系在腰间。每当她系上腰带，男人就会疯狂地爱上她。

阿佛洛狄忒有很多孩子，但最著名的是爱神厄洛斯，他飞来飞去地向人们射箭，使人们爱上第一个经过他们身边的人。当一个人坠入爱河时，人们常说他被爱情之箭射中了。

---

7. bordar *tr.* 刺绣
8. loro *m.* 鹦鹉
9. cojear *intr.* 瘸行，跛行
10. faja *f.* 腰带
11. cintura *f.* 腰
12. desplazarse *prnl.* 走，走动
13. arrojar *tr.* 扔，抛
14. cruzarse *prnl.* 迎面相遇，交叉而过

12. ARES

Ares nació de la unión de Zeus y Hera. Es por excelencia[1] el dios de la guerra. Alto, hermoso y cruel[2]. De carácter brutal[3], amante de la sangre, e intemperante[4]. Su horrible trono estaba construido de bronce macizo.[5]

Ares era maleducado, ignorante y tenía un gusto espantoso, pero para Afrodita era maravilloso y muchas veces lo utilizaba para engañar a su esposo, Hefesto, que era hermano de Ares.

Sus emblemas eran un oso salvaje y una escalofriante[6] lanza manchada con sangre. A pesar de su corpulencia[7] no siempre sale bien parado en las batallas que emprende.

1. excelencia *f.* 优秀，杰出
2. cruel *adj.* 残忍的，残酷的
3. brutal *adj.* 残忍的，野蛮的
4. intemperante *adj.* 放纵的，无节制的
5. macizo, za *adj.* 实心的
6. escalofriante *adj.* 令人毛骨悚然的
7. corpulencia *f.* 魁梧

12. 阿瑞斯

阿瑞斯是宙斯和赫拉的孩子，是卓越的战神。他高大、英俊、残忍，性格残暴、嗜血、放纵。阿瑞斯那可怕的宝座是用实心青铜建造的。

阿瑞斯粗鲁无知，品味低下，但对阿佛洛狄忒来说，他很好，并且多次利用他来欺骗自己的丈夫，阿瑞斯的兄弟赫菲斯托斯。

他的标志是一头野熊和一把令人不寒而栗的长矛。尽管他身材魁梧，但他在参加的战斗中并不总是表现出色。

13. APOLO

Junto al trono de Ares estaba el de Apolo, el dios de la música, la poesía, la medicina, la arquería y de los jóvenes solteros.

Era hijo de Zeus y Loto. Dice la leyenda que nació en la isla de Ortigia y que, en el momento en que se produjo el nacimiento, la isla se cubrió de oro. Desde entonces se la llama Delos, que quiere decir brillante. Los cisnes sagrados dieron siete vueltas a la isla para festejar[1] el nacimiento.

Apolo se trasladaba de un lugar a otro en un carruaje[2] de cisnes.

Su trono era alto y dorado, con inscripciones[3] mágicas talladas sobre el mismo. Su respaldo[4] tenía la forma de una lira[5] de siete cuerdas y sobre su asiento había una piel de pitón[6]. Apolo dio muerte a una pitón, serpiente monstruosa que causaba estragos entre la población y los rebaños[7] en Delfos. Sobre su trono colgaba un disco con veintiún rayos con forma de flecha, semejante a un sol, porque Apolo pretendía manejar al sol. El emblema de Apolo era el ratón porque se suponía que los ratones conocían los secretos de la tierra.

Apolo se casó muchas veces. En una ocasión, persiguió[8] a una jovencita que se llamaba Dafne; ella pidió ayuda a su padre, el dios del río, entonces le ayudó convirtiéndola en un laurel antes que Apolo pudiera besarla.

Apolo tenía una mansión[9] en Delfos, donde había un oráculo[10] que le robó a la Madre tierra, Gea, abuela de Zeus.

13. 阿波罗

阿瑞斯的旁边是阿波罗的宝座，他是音乐、诗歌、医药、射箭之神，也是单身男性的保护神。

他是宙斯和勒托的儿子。传说他出生在奥提伽岛，在他出生的那一刻，岛上遍布黄金。从那时起，这座岛就被称为德罗斯岛，意为辉煌。天鹅绕岛七圈庆祝阿波罗的出生。

阿波罗乘坐天鹅马车从一个地方到另一个地方。

他有一个高高的金色宝座，上面刻有魔法铭文，靠背是七弦琴的形状，座位上覆盖着一张蟒蛇皮。这条巨蟒肆虐德尔斐，给人民和牲畜造成严重伤害，因此阿波罗杀死了它。在他的宝座上挂着一个圆盘，上面有二十一条箭形射线。圆盘像一个太阳，因为阿波罗一直想要操控太阳。阿波罗的标志是老鼠，因为他觉得老鼠知道地上的秘密。

阿波罗结过多次婚。有一次，他追求一个名叫达芙妮的年轻女孩，她向她的父亲河神求救，然后河神在阿波罗亲吻她之前将她变成了一棵月桂树。

阿波罗在德尔斐有一座神庙，他从大地母亲，即宙斯的祖母，盖亚那里偷来的神谕就放在那里。

---

1. festejar *tr.* 庆祝
2. carruaje *m.* 马车
3. inscripción *f.* 碑文，铭文
4. respaldo *m.* （椅子的）靠背
5. lira *f.* 里拉琴，又名七弦琴
6. pitón *m.* 蟒蛇
7. rebaño *m.* 畜群，羊群
8. perseguir *tr.* 追求
9. mansión *f.* 府邸（文中神住的地方誉为神庙）
10. oráculo *m.* 神谕

14. ARTEMISA

Artemisa era la diosa de los cazadores y de las mujeres solteras. Era la hermana melliza[1] de Apolo, hija de Zeus y Leto, otra de las numerosas esposas de Zeus.

Su trono estaba construido en plata pura. El respaldo tenía la forma de palmeras[2] y el asiento estaba cubierto con una piel de zorro.

Artemisa odiaba[3] el matrimonio, pero le gustaba cuidar a las madres cuando nacían sus bebés. Pero mucho más le gustaba cazar, pescar y nadar a la luz de la luna en algún estanque[4]. Si algún mortal la veía desnuda[5], entonces lo convertía en ciervo[6] y se divertía persiguiéndolo hasta darle muerte.

Participó de muchas aventuras junto a su hermano Apolo.

Su emblema era el animal más temido en toda Grecia, la osa.

---

1. mellizo, za *adj.* 孪生的
2. palmera *f.* 棕榈树
3. odiar *tr.* 厌恶，讨厌
4. estanque *m.* 池塘
5. desnudo, da *adj.* 赤裸的
6. ciervo *m.* 鹿

14. 阿尔忒弥斯

阿尔忒弥斯是狩猎女神也是单身女性的保护神。她是阿波罗的孪生姐姐，即宙斯和勒托的女儿。勒托是宙斯众多妻子中的一个。

她的宝座是用纯银做的。靠背的形状像棕榈树，座位上铺着狐狸毛。

阿尔忒弥斯厌恶婚姻，却喜欢照顾那些刚生下孩子的母亲们。但她更喜欢打猎、钓鱼和在月光下的池塘里游泳。如果有凡人看到她赤身裸体，她就会把他变成一头鹿，并以追赶它为乐，直到它死去。

她和她的兄弟阿波罗一起参加了许多冒险。

阿尔忒弥斯的标志是全希腊最令人恐惧的动物——一头母熊。

15. HERMES

Hermes era hijo de Zeus y de una diosa que se llamaba Maya. De allí deriva el nombre del mes de mayo.

Hermes gozaba de una gran estima popular como protector de los pastores, y los rebaños especialmente de ovejas. Era también el dios de los comerciantes, los banqueros[1], los ladrones y los adivinos[2].

Su trono estaba cortado de una sola pieza de mármol[3] gris. Los apoyabrazos[4] tenían la forma de cabezas de carnero[5] y el asiento se cubría con una piel de chivo[6]. Sobre el respaldo había tallada una gran esvástica[7], este era el símbolo de una máquina inventada por Hermes para hacer fuego. Antes de su invento, las amas de casa pasaban gran parte del día atentas a que no se apagara el fuego ya que tenían que ir a buscar brasas[8] a la casa de sus vecinos si este se apagaba.

Hermes tenía una gran capacidad de inventiva. Inventó la lira, un instrumento musical que hizo con un caparazón[9] de tortuga.

Hermes también inventó el alfabeto[10] y uno de sus emblemas era la grulla[11], porque vuela con forma de V y esa es la primera letra que escribió.

Usaba un casco[12] con alas y sandalias[13] también con alitas en los costados.[14]

1. banquero *m.* 银行家
2. adivino *m,f.* 占卜者，算命先生
3. mármol *m.* 大理石

15. 赫尔墨斯

赫尔墨斯是宙斯和一位名叫迈亚的女神的儿子。五月的名称就来源于迈亚女神。

赫尔墨斯作为牧人的保护者，尤其是羊群的保护者，深受人们的敬爱。他也是商人、银行家、小偷和占卜者的庇护神。

他的宝座是用一块灰色大理石切割而成的。头枕的位置是公绵羊头的形状，座位上铺着山羊皮。背面刻有一个巨大的卐（wan）字，这是赫尔墨斯发明的一种生火装置的符号。在发明这个生火装置之前，家庭主妇一天要用大部分时间来确保火不会熄灭，因为如果火熄灭了，她们必须到邻居家寻找煤。

赫尔墨斯具有极强的创造力。他发明了里拉琴，一种用龟壳制成的乐器。

赫尔墨斯还发明了字母表，他的标志之一是鹤，因为鹤以 V 字形飞行，而 V 是他写的第一个字母。

他戴着一顶带翅膀的头盔，穿着一双两侧带翅膀的凉鞋。

---

4. apoyabrazo *m.* 扶手
5. carnero *m.* 公绵羊
6. chivo *m,f.* 山羊
7. esvástica *f.* 卐字饰
8. brasa *f.* 炭火
9. caparazón *m.* 甲壳
10. alfabeto *m.* 字母表
11. grulla *f.* 鹤
12. casco *m.* 头盔
13. sandalia *f.* 凉鞋
14. costado *m.* 侧边，侧翼

16. HESTIA

Hestia, la hermana mayor de Zeus, era la diosa del hogar[1]. De carácter muy pacífico[2]. Era la última de las diosas mujeres, hija de Cronos y Rea.

Tenía un trono sencillo de madera y un almohadón[3] sencillo tejido con lana.

Era la más amable y pacífica de todos los dioses ya que le molestaban terriblemente las discusiones familiares.

No tenía emblemas y tampoco participó en muchos mitos.

1. hogar *m.* 家庭
2. pacífico, ca *adj.* 平和的，不爱发火的
3. almohadón *m.* 大垫子

16. 赫斯提亚

赫斯提亚是家庭女神，是宙斯的姐姐，性格非常平和。她是最后一位女神，也是克洛诺斯和瑞亚的女儿。

她有一个简单的木制宝座和一个用羊毛编织的简易的垫子。

她是诸神中最善良、最平和的一位，因为她讨厌家庭当中的争吵。

她没有标志，也很少出现在神话中。

17. DIONISIO

Cuando ya estaba integrado el Consejo de los doce dioses del Olimpo, Zeus, que era muy caprichoso, decidió que, como Dionisio había inventado el vino, merecía[1] ser un dios.

Dionisio era uno de tantos hijos de Zeus. Su madre era una mortal llamada Sémele. Usaba un bastón[2] largo llamado tirso,[3] cubierto de hiedra[4] y con una piña[5] en la punta. Usó ese bastón en una oportunidad para matar a un gigante. Se le conoció como Baco en la leyenda romana, dios del vino y de la inspiración[6] poética.

El trono de Dionisio, o Baco, era de madera recubierta de plata y oro, decorado con racimos de uvas de amatista[7]. También tenía talladas serpientes y muchos animales con cuernos en mármoles de distintos colores. Su emblema era el tigre. A las fiestas desenfrenadas[8] se las conoce como bacanales[9].

Se suponía que los dioses eran doce. Al incorporar[10] a Dionisio, serían trece y este número atraía la mala suerte y eso no era posible. Entonces Hestia, que era una diosa muy pacífica y enemiga de la discordia le ofreció su lugar.

Ahora el Consejo quedaba desparejo[11] porque había siete dioses varones[12] y cinco diosas mujeres. Esto era injusto porque cuando debían votar[13] siempre ganaban los dioses varones, pero a Zeus no le importaba.

---

1. merecer *tr.* 值得
2. bastón *m.* 手杖，权杖

17. 狄奥尼西奥

当奥林匹斯山十二主神的议会组成之时，反复无常的宙斯决定让狄奥尼西奥也成为其中一个神，因为他发明了酒。

狄奥尼西奥是宙斯众多儿子之一。他的母亲是一个叫塞墨勒的凡人。他手持一根长满了常春藤，顶端是一个松果的葡叶杖。他曾用那根法杖杀死了一个巨人。在罗马神话中，他被称为巴科，酒神和诗歌灵感之神。

酒神狄奥尼西奥的宝座是用木头制成的，上面布满金银，装饰着一串串紫水晶葡萄。宝座上还有用不同颜色的大理石雕刻而成的蛇和许多有角的动物。他的标志是老虎。人们把狂野的聚会称为酒神节。

本来应该有十二位主神，但是当酒神加入后，就十三位。十三这个数字会招来厄运，所以不可能是十三位主神。赫斯提亚，一位非常宁静、和善的女神，给他让出了自己的位置。

现在议会是不平衡的，因为有七位男神和五位女神。这是不公平的，因为当他们需要投票时，赢的总是男性，但宙斯对此却并不在意。

---

3. tirso *m.* 葡叶杖
4. hiedra *f.* 洋常春藤
5. piña *f.* 【植】（松树等的）球果
6. inspiración *f.* 灵感，启示
7. amatista *f.* 紫晶，水晶
8. desenfrenado, da *adj.* 无节制的，放纵的
9. bacanal *f.* 酒神节
10. incorporar *tr.* 并入，加入
11. desparejo *adj.* 不相配的
12. varón *m.* 男人，成年男子
13. votar *intr.* 投票，表决

18. PROMETEO

Prometeo era un Titán que había ayudado a Zeus en su lucha contra Cronos. Prometeo modeló[1] al primer humano de barro y Zeus le dio la vida.

Los primeros humanos vivían de la caza y de la recolección de frutos salvajes. No conocían el fuego y tenían pocas armas y utensilios[2] que eran de madera, huesos y piedra. Prometeo pensó que si les ayudaba, podían progresar. Propuso a Zeus enseñarles el secreto del fuego pero este no aceptó. Prometeo subió a escondidas[3] al Olimpo y robó el fuego encendiendo una brasa que escondió entre plantas. Enseñó a los hombres a utilizar el fuego. También a quedarse parte de las zonas mejores de la carne de los animales sacrificados[4] a los dioses, así tendrían mejor nutrición[5].

Ayudada por Prometeo la raza humana progresó deprisa[6]. Aprendieron a fabricar vasijas[7], casas, y a trabajar los metales. Pero un día Zeus descubrió que había fuego en la tierra y se encolerizó[8], pues temía que algún día los humanos podrían competir con los dioses. Mandó encadenar[9] a Prometeo a una roca y un águila se comía su hígado[10] todos los días y por la noche le volvía a crecer. Según la leyenda fue liberado al cabo de muchos años por Heracles[11].

---

1. modelar *tr.* 塑造，做模型
2. utensilio *m.* 用具，器具
3. a escondidas *loc.* 悄悄地，偷偷地
4. sacrificar *tr.* （向神灵）祭献
5. nutrición *f.* 营养

18. 普罗米修斯

普罗米修斯是一位泰坦，曾协助宙斯对抗克洛诺斯。普洛米修斯用粘土捏出了第一个人，宙斯给了他生命。

最初的人类以狩猎和采集野果为生。他们不懂火，用木头、骨头和石头制成的武器和器皿也很少。普罗米修斯认为，如果自己帮助人类，他们就能进步。他向宙斯提议，教给他们火的秘密，但宙斯没有同意。普罗米修斯偷偷登上奥林匹斯山，点燃了他藏在植物中的炭火，偷走了火。他教人类使用火，还让他们把祭献给神的最好的动物肉留一些下来，这样他们就能获得更好的营养。

在普罗米修斯的帮助下，人类进步迅速。他们学会了制作罐子、房屋和加工金属。但有一天，宙斯发现陆地上有火种，大为恼火，生怕有一天人类与众神相争。他命令把普罗米修斯锁在一块岩石上，让一只老鹰每天啄食他的肝脏，但是到了晚上新的肝脏又会长出来。相传多年后他被赫拉克勒斯解救。

6. deprisa *adv*. 迅速地，快
7. vasija *f*. 罐，瓮
8. encolerizarse *prnl*. 发怒
9. encadenar *tr*. 用链条拴住
10. hígado *m*. 肝脏
11. Heracles：赫拉克勒斯，因其在疯狂中杀害了自己的孩子，为了赎罪完成了十二项“不可能完成”的任务。在寻找金苹果的任务中，看见普罗米修斯被关押在高加索山上，于是砸烂锁链，让他重获自由。

19. LA CAJA DE PANDORA

Una vez el padre de los dioses, Zeus, bajó del Olimpo hasta la tierra para visitar a la gente. Por aquel entonces la gente vivía feliz, sin trabajar, sin deberes y sin preocuparse de hacer la comida y Zeus quiso comprobar cómo de obedientes[1] eran las personas. Se fue a casa de una joven llamada Pandora y le regaló una preciosa caja de madera. Pero Zeus advirtió[2] a Pandora:

– Pandora, no puedes abrir la caja. Nunca abras esta caja porque contiene muchas desgracias para las personas, ¿has entendido?

– Entendido – dijo Pandora –, nunca abriré la preciosa caja.

Así que Zeus se fue de nuevo al Olimpo y allí se quedó Pandora en su habitación muy contenta por su nuevo regalo. Pandora tenía muchas virtudes y era muy curiosa, siempre quería saber más.

Cuando llegó la noche Pandora empezó a pensar qué sería lo que había dentro de la caja, pero se acordó[3] de que Zeus le dijo claramente que no la podía abrir.

1. obediente *adj.* 温顺的，听话的
2. advertir *tr.* 提醒
3. acordarse *prnl.* 记起，想起

19. 潘多拉的盒子

有一次众神之父宙斯离开奥林匹斯山，来到陆地拜访人类。那个时候人们过着幸福的生活，不用工作，不用干活，也不操心做饭。宙斯想看看人们有多听话，于是来到一个名叫潘多拉的年轻女子的家中。宙斯送给她一个漂亮的木盒，却警告潘多拉说：“潘多拉，你不能打开盒子。永远不要打开它，因为它会给人们带来许多不幸，明白吗？”

“明白了。”潘多拉说，“我永远不会打开那个珍贵的盒子。”

于是宙斯回到奥林匹斯山，潘多拉待在房间里，对自己的新礼物感到非常高兴。潘多拉有很多美德，而且充满好奇心，总是想了解得更多。

Como no se pudo resistir la curiosidad abrió la caja y de repente se formó una tormenta[4] horrible, la habitación se llenó de viento y un humo negro salió disparado[5] de la caja, atravesó la ventana y se extendió por todo el mundo. Con el humo, también salieron de la caja todas las desgracias para la humanidad, el hambre, las enfermedades, las envidias[6], el frío, la necesidad de trabajar, los deberes...

A Pandora solo le dio tiempo a ver que en el fondo de la caja aún quedaba la esperanza y por eso la cerró inmediatamente, para que no se perdiera nunca. Y desde entonces, siempre podemos contar con la esperanza.

---

4. tormenta *f.* 风暴，暴风雨
5. disparado *adj.* 匆忙的，急速的
6. envidia *f.* 嫉妒，羡慕

夜幕降临，潘多拉开始思考盒子里会是什么东西，但她想起宙斯对她说的话，明确告诉她不能打开盒子。

但她没能抵抗住好奇心的驱使，打开了盒子。顿时，一阵可怕的风暴袭来，狂风侵袭了房间，一股黑烟从盒子里迅速冒出来，穿过窗户，蔓延到了世界各地。伴随着黑烟，所有人类所有的不幸都从盒子里冒了出来：饥饿、疾病、嫉妒、寒冷、工作、责任……

只有希望还没有来得及从盒子底部飞出去，潘多拉及时关上了盒子，以免它丢失。从那时起，我们人类总能拥有希望。

20. ZEUS RAPTA A EUROPA

Hubo un tiempo en el que aún no se habían decidido los nombres para cada continente. En el caso de Europa, se eligió ese nombre por un motivo bien curioso que nos cuentan desde la mitología[1] griega.

Una vez el dios Zeus estaba observando el mundo desde su casa del Olimpo[2] y se fijó en una princesa fenicia[3] llamada Europa que estaba paseando en la playa junto a sus amigas. Zeus se enamoró[4] perdidamente de ella y decidió conquistarla[5], pero todo el mundo tenía miedo de los dioses. Así que bajó a la playa convertido en un hermoso toro blanco y además muy manso y muy tranquilo.

La princesa Europa vio al precioso[6] toro blanco en la orilla del mar y se acercó a él. Tenía un tacto agradable, le acarició[7] el lomo y se montó en el toro como si fuera un caballo. En ese momento el toro se adentró[8] en el mar con la princesa agarrada a sus cuernos y nadaron y nadaron muy lejos hasta las costas de la isla mágica de Creta[9].

---

1. mitología *f.* 神话学；神话
2. Olimpo *m.* 奥林匹斯
3. fenicio, cia *adj.* 腓尼基的 *m.,f.* 腓尼基人
4. enamorar *tr.* 使倾心；向……求爱；使喜欢 *prnl.* 爱上；爱好；喜欢
5. conquistar *tr.* 夺取，征服，博得
6. precioso, sa *adj.* 珍贵的；贵重的；美丽的；漂亮的
7. acariciar *tr.* 爱抚；轻拂；抱着 (希望等)
8. adentrarse *prnl.* 进入；钻研
9. Creta *f.* 克里特岛

20. 宙斯绑架欧罗巴

曾经每个大陆的名称还尚未确定。以欧洲为例，就欧洲而言，之所以选择这个名字，是源于希腊神话中一个非常奇怪的原因。

有一次，宙斯从他位于奥林匹斯山的宅邸观察世界，看到一位名叫欧罗巴的腓尼基公主正和她的朋友们在海滩上漫步。宙斯疯狂地爱上了她并决定征服她。但每个人都害怕众神，于是他变成了一头美丽、温顺、安静的白色公牛来到海滩。

欧罗巴公主看到了在海边的这头美丽的白色公牛，便向它走了过去。她抚摸着公牛的背。它摸起来是那么舒服，于是就像骑马一样骑在了公牛背上。就在这时，公牛纵身一跃，跳进了大海。欧罗巴公主紧紧抓住公牛的角，他们游啊游，游到了遥远而神奇的克里特岛海岸。

Allí se quedó a vivir Europa en la isla. Y durante mucho tiempo nadie supo de ella. Su familia la buscaba por todas partes pero nadie la había visto, solo sus amigas dijeron que se había adentrado en el mar a lomos de un toro blanco.

La familia de la princesa Europa se recorrió medio mundo buscándola.

- ¿Habéis visto a Europa? - preguntaban desesperados[10] en cada lugar al que llegaban.

Pero nadie la había visto. Su familia pasó por Italia y allí no había rastro de ella. Luego fueron a España, a Portugal[11], a Francia, a Holanda[12]... Se recorrieron todo el continente haciendo la misma pregunta.

- ¿Habéis visto a Europa?

Los habitantes de cada lugar se preguntaban unos a otros por Europa y así, de tanto mencionarla, todos los lugares por los que pasó la familia en busca de la princesa se llamaron Europa.

Y mucha gente se pregunta cómo es que los familiares de Europa se recorrieron todo el continente y no la encontraron. Pero es que no pudieron llegar a Creta en ningún momento. Resulta que por aquella época nadie podía acercarse a las costas de Creta porque un gigante de bronce llamado Talos impedía la entrada a la isla.

---

10. desesperado, da *adj.* 绝望的
11. Portugal *s.* 葡萄牙
12. Holanda *f.* 荷兰

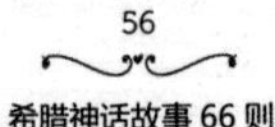

欧罗巴就留在了岛上生活。很长一段时间内没有人知道她的下落。她的家人到处找她，但没有人找到她，只有她的朋友说她骑着一头白牛下海了。

欧罗巴公主的家人走遍了半个陆地寻找她。

“你们见过欧罗巴吗？”他们绝望地在每个所到之处询问欧罗巴的下落。

但没有人见过她。她的家人走过意大利，那里没有找到她的踪迹。然后他们去了西班牙、葡萄牙、法国、荷兰……他们问着同样的问题走遍了整个大陆：“你们见过欧罗巴吗？”

就这样，由于经常提到她，欧罗巴的家人为寻找她而走过的所有地方都被称为欧洲。

很多人都想知道，为什么欧罗巴的家人走遍了整个大陆，都没有找到她。因为当时他们是无法到达克里特岛的，也没有人可以接近克里特岛的海岸，因为一个名叫塔洛斯的青铜巨人禁止人们进入该岛。

21. EL CASTIGO DE SÍSIFO

Sísifo era uno de los hijos del señor de los vientos Eolo. Era el hombre más tramposo[1] del mundo, pero también el más astuto[2] y ambas características las heredó su hijo Ulises. Sísifo es conocido por sus estafas[3], por sus engaños y por su habilidad para salir de cualquier situación complicada pero, sobre todo, es conocido por el castigo que le impusieron los dioses.

La verdad es que el mundo entero estaba bastante harto de las trampas y los engaños de Sísifo, tanto dioses como mortales. Porque Sísifo además era un poco cotilla[4] y sabía todo de todos. Siempre andaba vigilando lo que hacían los dioses y escuchando tras las puertas de los vecinos. Él lo sabía todo.

Un día se formó un lío[5] impresionante porque la hija del río Asopo había desaparecido, nadie la encontraba y todos estaban muy preocupados. Pero Sísifo sabía lo que había ocurrido con la muchacha, así que decidió sacar partido de la situación.

Le dijo a Asopo que él sabía con quién estaba su hija, pero que si quería saber algo más, tendía que compensarle[6] creando una fuente en su ciudad. Asopo hizo brotar[7] en medio de la ciudad una fuente de aguas cristalinas para que todo el mundo tuviera el agua cerca y no tuvieran que desplazarse[8] por todo el monte a por ella. Todo el mundo parecía satisfecho con el acuerdo, pero faltaba que Sísifo revelara el secreto de la hija del río Asopo.

---

1. tramposo, sa *adj.* 奸诈的，骗人的，作弊的
2. astuto, ta *adj.* 狡猾的，诡计多端的

21. 西西弗斯的惩罚

西西弗斯是风神埃俄罗斯的儿子之一。他是世界上最奸诈、也是最狡猾的人，他的儿子尤利西斯继承了他的这两个特点。西西弗斯擅长坑蒙拐骗，能摆脱任何复杂的局面，但最为人所熟知的，是他受到了众神对他的惩罚。

事实是，整个世界无论是神灵还是凡人都受够了西西弗斯的阴谋诡计。因为西西弗斯有点爱管闲事，对每个人都了如指掌。他总是到处观察众神在做什么，在邻居的门口偷听。他什么都知道。

有一天，出了一场大乱，因为河神伊索普斯的女儿失踪了，没有人能找到她，大家都很担心。但西西弗斯知道女孩发生了什么事，所以他决定利用这个机会从中获益。

他告诉河神伊索普斯，他知道女儿和谁在一起，但如果想知道更多，就必须在他的城市建造一个喷泉来补偿他。伊索普斯让城市中心涌现出晶莹剔透的水源，这样每个人都可以在附近获得水源，而不必上到山上取水。每个人都对约定感到满意，但就差西西弗斯说出伊索普斯女儿的秘密了。

---

3. estafa *f.* 诈骗
4. cotilla *m.*,*f.* 爱管闲事的人
5. lío *m.* 麻烦，纠葛
6. compensar *tr.*, *intr.* 补偿，抵偿
7. brotar *intr.* 涌出，冒出
8. desplazarse *prnl.* 走动

– Zeus se ha llevado a tu hija, Asopo – dijo Sísifo.

La noticia cayó como una bomba porque pocos se atrevían a encararse[9] con el dios Zeus, el más poderoso de todo el Olimpo. Pero el río Asopo quería demasiado a su hija como para no enfrentarse al dios.

– Zeus, si no me devuelves a mi hija, secaré todos los ríos que recorren la Tierra – amenazó el río Asopo.

Con este panorama[10] a Zeus no le quedó más remedio que devolver a su casa a la hija de Asopo, pero el asunto no iba a quedar así. El chivato[11] Sísifo iba a recibir su castigo que no le dejaría a Sísifo tiempo para cotillear[12] en los asuntos ajenos.

Zeus castigó a Sísifo a subir una enorme roca hasta la cima de una montaña. Sísifo sudaba y sudaba porque la roca era enorme y la cuesta de la montaña también. Cuando estaba a punto de llegar a la cima, la roca caía rodando. Sísifo empujaba la roca hasta casi la cima de la montaña y para abajo otra vez. Y allí sigue Sísifo desde entonces, para arriba y para abajo con la roca a cuestas.

---

9. encararse *prnl.* 对抗，对立
10. panorama *m.* 情况
11. chivato *m.,f.* 告密者
12. cotillear *intr.* 告密者

“伊索普斯，是宙斯带走了你的女儿。”西西弗斯说道。

这个消息像炸弹一样掀起轩然大波，因为很少有人敢对抗奥林匹斯山中最强大的神宙斯。但伊索普斯太爱自己的女儿，哪怕是面对宙斯。

“宙斯，如果你不把女儿还给我，我会让流经地球的所有河流都干涸。”伊索普斯威胁道。

在这种情况下，宙斯别无他法，只好将伊索普斯的女儿送回到她的家中，但事情不会就这样结束。告密者西西弗斯会得到他应得的惩罚，这种惩罚让西西弗斯再也没有时间去打听别人的事情了。

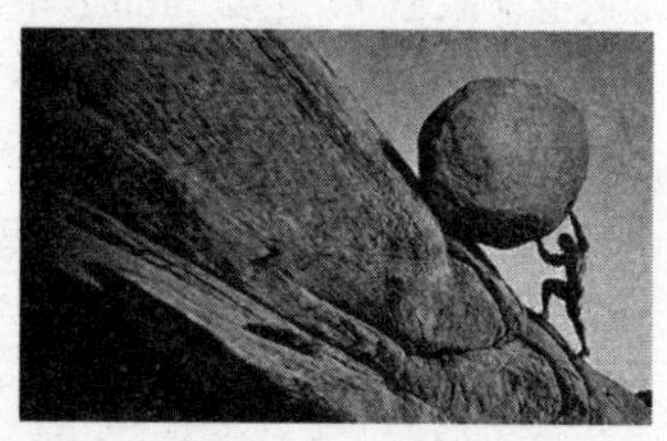

宙斯惩罚西西弗斯把一块巨石推到山顶上。西西弗斯汗流浃背，因为岩石很大，山坡也很陡。当他即将到达山顶时，岩石又滚落下来。每次当他快要把岩石推到山顶时，岩石又再次落下来。从那时起，西西弗斯就一直在那里不断重复地做着这件事。

22. APOLO Y DAFNE

Apolo era el dios de las artes y la música. Él era muy diestro[1] con el arco y la flecha, bajando a los bosques de tanto en tanto[2] para demostrar sus habilidades. Tanta vanidad le llevó a burlarse del joven Eros, dios del amor y la fertilidad[3], que intentaba aprender a cazar con sus propias flechas.

- Torpe muchacho, si crees que algún día lograrás ser tan bueno como yo, definitivamente eres tan tonto como esas personas a las que enamoras las unas de las otras - le dijo Apolo con atrevimiento[4].

Molesto por su impertinencia[5], Eros tomó una flecha de oro y otra de plomo. La primera provocaba que la persona herida se enamorara profundamente. La segunda, que anidara en su corazón un odio profundo.

Disparó con la flecha de plomo[6] a Dafne, una ninfa del bosque, hija del dios río Ladón. Y con la dorada hirió a Apolo, quien se enamoró irremediablemente[7] de ella. Sin embargo, en el corazón de la joven solo había desprecio para el dios. Desde el primer momento en que le vio, lo encontró repulsivo[8] a pesar de su buen aspecto.

---

1. diestro *adj.* 熟练的，有经验的
2. de tanto en tanto *adv.* 时不时
3. fertilidad *f.* 生育能力
4. atrevimiento *m.* 傲慢无礼，放肆言行
5. impertinencia *f.* 傲慢，狂妄
6. plomo *m.* 铅
7. irremediablemente *adv.* 无可救药地
8. repulsivo *adj.* 令人厌恶的，使人反感的

22. 阿波罗和达芙妮

阿波罗是艺术和音乐之神。他射箭技艺高超，时不时下到树林中施展身手。虚荣心使他嘲笑年轻的爱神与生育之神厄洛斯，他正在学习使用箭来打猎。

“笨蛋，如果你以为有一天会和我一样有高超的箭术，那你肯定和那些彼此相爱的人一样愚蠢。”阿波罗傲慢无礼地对他说。

厄洛斯被他的无礼惹怒了，拿起了金箭和铅箭。第一支箭能让被射中的人深深地坠入爱河。第二支，则让他心中充满仇恨。

他的铅箭射中了河神拉登的女儿、森林女神达芙妮。金箭则射中了阿波罗，阿波罗无可救药地爱上了她。然而，少女的心中只有对他的蔑视。从看到他的第一眼起，她就觉得虽然他相貌俊美，却令人厌恶。

Apolo la acosaba día y noche, rogándole que se convirtiera en su esposa. Mientras más lo odiaba ella, más inflamaba[9] de amor su corazón por la ninfa. Era el castigo de Eros, por haberlo humillado aquel día en su entrenamiento.

Una mañana, cansado de ser rechazado, Apolo se propuso atraparla para asegurarse de que se quedara con él. Dafne, asustada, huyó a las orillas del río y cuando el dios estaba a punto de capturarla, le rogó a su padre, Ladón, que le ayudara a escapar de él. Habiendo escuchado sus súplicas decidió transformarla en un árbol.

Cuando Apolo corrió a abrazar su cuerpo, sus brazos se cerraron alrededor de un tronco y los pies de la ninfa se convirtieron en largas raíces, que hicieron su camino a través de la tierra. Su cabeza se volvió verde follaje[10] y de ella no quedó nada que el dios pudiera llevarse.

Al ver que no podría casarse con ella, Apolo lloró amargamente e hizo la promesa de seguir amándola en su nueva forma.

Él se encargaría de que no le faltara el sol, ni el aire puro. Bajaría todos los días a cuidarle y a recordar cuando todavía tenía figura humana. Y haría además que todos los héroes fueran coronados con hojas de laurel, que fue el nombre que recibió aquel prodigioso[11] árbol.

Es por eso que hasta hoy día, se tiene la costumbre de considerar sus ramilletes[12] como símbolo de la victoria, pues se dice que el laurel siempre será la planta preferida del dios Apolo.

---

9. inflamar *tr.* 燃起，激起

10. follaje *m.* 枝叶

11. prodigioso, sa *adj.* 神奇的，奇妙的

12. ramillete *m.* 树枝

他每天死缠烂打，求她成为他的妻子。她越是恨他，他的心就越是燃起了对这个少女的爱。这是爱神的惩罚，因为那天阿波罗在爱神练箭时羞辱了他。

一天早上，阿波罗厌烦了总是被拒绝，他决定劫持达芙妮让她和他在一起。达芙妮非常害怕，逃到了河边，就在阿波罗快要抓住她时，她恳求父亲拉登帮她摆脱阿波罗。拉登听到她的请求，决定将她变成一棵树。

当阿波罗跑去拥抱她的身体时，他的手臂环绕住的是一棵树干，少女的脚变成了长长的树根，穿透大地。她的头变成了绿叶，没有留下任何东西可以让阿波罗带走。

阿波罗见自己不能娶她，痛哭流涕，并承诺会以新的形式继续爱她。

他确保她有充足的阳光和新鲜的空气，每天都会到凡间来照顾她，回想着她人形的样子。而且他还要让所有的英雄都戴上月桂树叶编织而成的花环。月桂树也就是那棵神奇树木的名字。

这就是为什么直到今天，人们习惯上将月桂树枝视为胜利的象征，因为据说月桂树将永远是阿波罗喜爱的植物。

23. DÉMETER Y CORE

Démeter había tenido una hija bellísima con Zeus, de nombre Core a la que amaba por encima de todas las cosas. Un día, Hades, el rey de los infiernos[1], decidió subir un ratito a la superficie y cuando vio a la joven se obsesionó[2] hasta tal punto que pensó, pesase a quien pesase, que Core se debía convertir en su esposa.

Un día que Core se hallaba recogiendo flores con sus amigas, la ninfa fue raptada por Hades que emergió de una grieta surgida en la propia tierra. Se llevaba a su amada al inframundo[3], su reino, en un carro tirado por negros caballos.

Cuando vuelve Démeter y no encuentra a su hija, cree volverse loca. Desesperada comienza una peregrinación[4] de nueve días y nueve noches en busca de la bella Core.

Al décimo día, acompañada de Hécate, la diosa lunar, decide ir a ver a Helio, el dios del Sol y de la Luz, que todo lo ve y todo lo sabe, para que admitiese, lo que otros ya le habían comentado: Hades era el autor del rapto.

Démeter estaba tan furiosa que, en lugar de volver al Olimpo, continuó vagando por la tierra prohibiendo a los árboles dar sus frutos y a las hierbas crecer. Las cosechas y las fuentes se secaron y la situación fue tan desesperada para los hombres que habitaban la tierra, que sus quejas ascendieron hasta el Olimpo, hiriendo con sus gritos sedientos[5] y hambrientos al mismísimo Zeus.

---

1. infierno *m*. 地狱，阴间
2. obsesionar *tr*. 无法自拔
3. inframundo *m*. 冥府

23. 得墨忒尔寻女

得墨忒尔与宙斯有一个美丽的女儿，名叫科瑞。她爱自己的女儿胜过一切。有一天，冥王哈迪斯来到地面，当他看到这个少女时，无法自拔地迷恋上了她，并且认为，不管她是谁，都应该成为他的妻子。

一天，当科瑞和她的朋友们一起摘花时，哈迪斯从地面裂缝中钻出来把科瑞劫走了。哈迪斯驾驶着由黑马牵引的战车，将心爱的人带到了冥界，也就是他的王国。

当得墨忒尔回来找不到女儿时，她觉得自己快疯了。绝望的她开始了九天九夜的朝圣之路，去寻找她那美丽的女儿科瑞。

第十天，她在月亮女神赫卡特的陪伴下，决定去拜访无所不知的太阳与光之神赫利俄斯，好让他承认那些谣言：冥王哈迪斯就是始作俑者。

得墨忒尔非常愤怒，她没有回到奥林匹斯山，而是继续在地面上徘徊。她不让树木结果、草地生长，让庄稼干枯、泉水干涸，地上的人们处于绝望之中。他们的诉苦传到奥林匹斯山，他们想要水源和食物的请求传到了宙斯那里。

4. peregrinación *f.* 朝圣

5. sediento, ta *adj.* 缺水的，干旱的

A Zeus no le quedaba más remedio que enviar un mensaje a Hades para que devolviera a Core.

Y otro para Démeter en el que le confirmaba que podría volver a tener a su hija. Solamente había una condición, que ésta no hubiese probado bocado[6] del infierno, pues quien lo hacía ya no podía abandonar dicho lugar.

Core, que durante días, desde su secuestro[7], se había negado a tomar cualquier alimento, incluso un mendrugo[8] de pan, justo en el momento en el que iba a abandonar el infierno para volver junto a su madre, cogió una granada del jardín y se comió siete granos, y tuvo la desgracia de ser vista por un jardinero de Hades.

En este momento la felicidad es de Hades, quien conservaba a su reina y el enfado y la desesperación de Démeter más abatida que nunca.

Ante esta situación, el fin del mundo estaba próximo, por lo que Zeus debía encontrar una solución. El acuerdo al que llegó fue el siguiente: Core pasaría tres meses al año en compañía de Hades como Reina del Tártaro[9], respondiendo al nombre de Perséfone y el resto del tiempo, nueve meses, estaría al lado de Démeter.

Y así sucede cada año. Cuando Core regresa al lado de su madre es primavera, los campos florecen y los árboles dan sus frutos y cosechas hasta el final del otoño. Pero, ¿qué hace Deméter cuando su hija parte al infierno? Pues enfadarse, o, tal vez, simplemente entristecerse. Por eso llega el invierno, la tierra deja de dar frutos, se vuelve estéril[10]… hasta que Démeter y Core vuelven a estar juntas.

---

6. bocado *m.* 口（量词）
7. secuestro *m.* 绑架
8. mendrugo *m.* 面包皮
9. Tártaro *m.* 冥府
10. estéril *adj.* 贫瘠的

宙斯别无选择，只能给冥王哈迪斯送了一封信让他归还科瑞。

另一封信给得墨忒尔，信中确定她可以再次拥有她的女儿。但有一个条件，那就是科瑞没有尝过一口地狱的食物，因为无论是谁吃过那里的食物，都无法舍弃那个地方。

自从绑架后的几天里，科瑞拒绝吃任何食物，甚至拒绝吃面包皮，就在她要离开冥界回到她母亲身边的时候，她从花园里摘了一个石榴，吃了七粒石榴籽。这一幕不幸被冥界的园丁看到了。

此时此刻，哈迪斯无比幸福，因为他留住了他的王后；而得墨忒尔比以往任何时候都更加沮丧的愤怒和绝望。

面对这种情况，世界末日近在眼前，宙斯不得不寻找解决办法。他达成的协议是这样的：科瑞以珀耳塞福涅的名字作为冥界的王后在哈迪斯的陪伴下度过三个月，其余九个月的时间陪伴在得墨忒尔身边。

就这样，每年当科瑞回到母亲身边时，是春天，田野开满鲜花，树木结出果实，直到深秋收获。但是当她的女儿在冥界时，得墨忒尔是怎样的？可能生气，或者，也许只是悲伤。因此冬天来了，大地不再硕果累累，变得贫瘠……直到得墨忒尔和科瑞再次重聚。

24. HEFESTO Y AFRODITA

Hefesto, dios del fuego, de la forja[1], de los herreros y de los artesanos[2], era uno de los que amaba a Afrodita en secreto. Hefesto era hijo de Hera y de Zeus, dios de dioses. También era todo lo contrario de Afrodita: una criatura[3] poco agraciada. De hecho, cuando Hefesto nació, su propia madre se molestó con su fealdad[4] y lo expulsó del Olimpo.

Hefesto era cojo[5] y jorobado[6]. Tenía un aspecto descuidado y desagradable. Ante el rechazo de su propia madre, decidió vengarse. Por eso construyó en su taller un trono mágico y mediante engaños consiguió que Hera se sentara allí. Al hacerlo, ella quedó atrapada[7] sin poder moverse.

Ante las súplicas de Hera, Hefesto puso una sola condición para liberarla: que los dioses le dieran a Afrodita como esposa. Zeus le concedió el deseo. A la diosa de la belleza no le hizo ninguna gracia la situación. Detestaba a Hefesto porque no era hermoso como ella.

Hefesto trataba sin descanso de ganarse el afecto de Afrodita. Diseñaba para ella hermosas joyas en su taller. Sin embargo, ella no tenía ningún interés en el dios del fuego. Por el contrario, cada vez que podía, le era infiel con otros dioses, e incluso con mortales, sin que su esposo se diera cuenta.

---

1. forja *f.* 锻造
2. artesano *m.,f.* 工匠，手工艺人
3. criatura *f.* 神
4. fealdad *f.* 丑陋

24. 赫菲斯托斯和阿佛洛狄忒

火神、锻造神、铁匠神和工匠之神赫菲斯托斯是阿佛洛狄忒众多暗恋者之一。赫菲斯托斯是赫拉和众神之神宙斯的儿子。和阿佛洛狄忒恰恰相反，他是一个不招人喜欢的神。事实上，当赫菲斯托斯出生时，他的亲生母亲不喜欢他丑陋的外表，将他逐出了奥林匹斯山。

赫菲斯托斯瘸腿驼背，邋遢又难看。母亲的抛弃，让他决定报仇。因此他在自己的作坊里造了一个神奇的宝座，并骗赫拉坐了上去。当赫拉一坐上去，就被困住，并且无法动弹。

面对赫拉的恳求，赫菲斯托斯提出了一个要求作为释放她的条件：众神将阿佛洛狄忒赐予他作为妻子。宙斯满足了他的愿望。这位美丽女神对此很不满意。她讨厌赫菲斯托斯，因为他不像她那样美丽。

赫菲斯托斯不断讨阿佛洛狄忒的欢心。他在作坊里为她设计漂亮的珠宝。然而，她对火神没有一点兴趣。相反，只要她丈夫不注意的时候，只要有可能，她就会出轨，与其他神灵，甚至凡人来往。

---

5. cojo, ja *adj*. 瘸的，跛的
6. jorobado, da *adj*. 驼背的
7. atrapado, da *adj*. 困住的

25. AFRODITA Y ARES

Cuando Ares, el dios de la guerra se encontró con Afrodita, la diosa de la belleza, se enamoró perdidamente y decidió cortejarla[1]. La llenaba de regalos y halagos[2] para ganar su amor. Los dos pasaban mucho tiempo juntos, hasta que Afrodita le correspondió plenamente.

Hefesto, su esposo, pasaba todas las noches en su taller de forja. Los dos amantes aprovechaban esta situación para amarse hasta el amanecer. A Ares siempre le acompañaba un joven llamado Alectrión. Su misión era avisarles en qué momento aparecía Helios, el Sol, en el horizonte[3]. Helios todo lo veía y ellos debían mantener su romance[4] en secreto.

Todo andaba bien, hasta que un día, Alectrión, cansado de la rutina diaria, se quedó dormido mientras vigilaba. Por eso no pudo avisar que Helios ya estaba ahí. Este último vio a los amantes entre las mismas sábanas en las que Afrodita dormía con Hefesto. Lleno de indignación[5], buscó al dios del fuego y se lo contó todo.

Hefesto se sintió herido en lo más profundo de su corazón. Como era costumbre, solo pensó en vengarse. Para hacerlo, diseñó una fabulosa[6] red de hilos de oro. Eran tan finos que no se veían, pero al mismo tiempo eran extremadamente resistentes. Valiéndose de artimañas[7], dejó la red de hilos de oro sobre la cama. Luego le dijo a Afrodita que se iría de viaje.

---

1. cortejar *tr.* 求爱，追求
2. halago *m.* 甜言蜜语
3. horizonte *m.* 地平线
4. romance *m.* 约会

25. 阿佛洛狄忒和阿瑞斯

当战神阿瑞斯遇到美丽之神阿佛洛狄忒时，他疯狂地坠入爱河并决定向她求爱。他总是给她送礼物，对她说甜言蜜语，以赢得她的欢心。两人在一起度过了很多时间，直到阿佛洛狄忒完全属于他。

她的丈夫赫菲斯托斯每天晚上都在他的锻造车间度过。两个恋人趁着这个机会厮守到天亮。阿瑞斯身边总是跟着一个名叫阿莱克特里翁的年轻人。他的任务是在太阳神赫利俄斯出现在地平线时通知他们。赫利俄斯能看到一切，因此他们只能悄悄地幽会。

一切都很顺利，直到有一天阿莱克特里翁在看守的时候睡着了。因此他没有通知他们，赫利俄斯已经出现在地平线。赫利俄斯在阿佛洛狄忒与赫菲斯托斯的床上看到了这对恋人。他义愤填膺地去找火神，将一切都告诉了他。

赫菲斯托斯感到十分伤心。但正如他一贯的作风，他要报仇。为此，他设计了一个巨大的金丝网。它们精细得肉眼根本看不到，但同时又极其坚韧。他设计在床上铺上了金线网，然后他告诉阿佛洛狄忒他要去旅行。

---

5. indignación *f.* 气愤，愤怒

6. fabuloso, sa *adj.* 巨大的

7. artimaña *f.* 陷阱，花招

Ares, que siempre estaba al tanto de lo que hacía Hefesto, aprovechó la ocasión para ir inmediatamente a ver a Afrodita. Cuando se estaban amando, la red de hilos de oro cayó sobre ellos y los atrapó.

Después, los amantes fueron liberados y cada uno de ellos tuvo que ir a un lugar diferente. Ares castigó a Alectrión convirtiéndolo en gallo[8] y haciendo que cantara cada vez que apareciera el Sol. Del amor entre los dos dioses nació Eros, el dios del amor romántico. Ares y Afrodita no podían volver a verse, pero incumplieron la norma: tuvieron siete hijos más.

---

8. gallo *m.* 公鸡

一向了解赫菲斯托斯所作所为的阿瑞斯，趁机去见了阿佛洛狄忒。当他们厮混时，金丝网落在他们身上并抓住了他们。

后来，这对恋人被释放，各自去了不同的地方。阿瑞斯惩罚阿莱克特里翁，把他变成一只公鸡，让他在太阳出现的时候鸣叫。阿瑞斯和阿佛洛狄忒爱情的结晶就是浪漫爱情之神厄洛斯。阿瑞斯和阿佛洛狄忒本不应该再见面，但他们打破了规则：后来又生育了七个孩子。

26. HERACLES DE BEBÉ Y LA VÍA LÁCTEA

El rey de los dioses, Zeus, se enamoró locamente de una mortal[1], Alcmene, y de ese amor nació el héroe griego más famoso de todos los tiempos, el fortachón[2] y valeroso Heracles.

Ya desde su nacimiento Heracles tuvo problemas y tuvo que hacer frente a muchos peligros. Y es que la esposa de Zeus, Hera, estaba bastante enfadada porque su marido iba a tener un bebé con otra mujer. Hera retrasó el parto de Alcmene todo lo que pudo para ver si conseguía que el bebé no naciera, pero finalmente tuvo que ceder y la naturaleza se impuso.

Cuando Alcmene dio a luz a un bebé precioso y muy especial, dioses y mortales se alegraron del nacimiento de un héroe. Todos fueron a felicitar a la feliz mamá y la alegría en aquella casa era inmensa. Hasta que un día bajó Hera del Olimpo con muy malas intenciones. Quería deshacerse[3] de Heracles, quería que el bebé desapareciera y tramó un plan maléfico[4].

Sin que nadie la viera, Hera se acercó a la cuna del bebé Heracles y metió en ella dos serpientes que supuestamente acabarían con la vida del bebé. Pero no fue así. Al fin y al cabo, los héroes son héroes porque tienen una fuerza descomunal[5] desde su nacimiento. Y fue el bebé Heracles, con tan solo unas semanas de vida, el que consiguió matar a las serpientes.

---

1. mortal *m*. 人类
2. fortachón, ona *adj*. 强壮的，魁梧的

26. 婴儿大力神赫拉克勒斯和银河

众神之神宙斯疯狂地爱上了凡人阿尔克墨涅，由此诞生了有史以来最著名的希腊英雄，魁梧勇敢的大力士赫拉克勒斯。

赫拉克勒斯从出生起就遇到了许多麻烦，不得不面对许多危险。宙斯的妻子赫拉非常生气，因为她的丈夫要和另一个女人生孩子。赫拉尽可能地推迟阿尔克墨涅的分娩，看是否能阻止婴儿的出生。但最终她不得不做出让步，因为她不能违抗自然规律。

当阿尔克墨涅生下一个漂亮而非常特别的婴儿时，众神和人类都为英雄的诞生而欢欣鼓舞，纷纷向那位幸福的母亲送去祝福，全家都洋溢着欢乐的氛围。直到有一天，赫拉带着恶意，暗中策划了邪恶的计划，想让婴儿消失。

趁人不备，赫拉走近赫拉克勒斯的婴儿床，在里面放了两条蛇，想要结束婴儿的生命。但事与愿违。毕竟英雄就是英雄，他们天生就拥有巨大的力量，两条蛇竟然被只有几周大的婴儿赫拉克勒斯杀死了。

---

3. deshacerse *prnl.* 消失
4. maléfico, ca *adj.* 邪恶的
5. descomunal *adj.* 巨大的

Desde ese momento, todos los dioses se encariñaron[6] con este bebé tan especial que algún día sería un héroe y quisieron protegerle de las maldades de Hera. Así que una tarde que Hera estaba totalmente dormida, el travieso Hermesel acercó el bebé al pecho de la diosa para que mamara[7] la leche inmortal.

En ese momento, Hera se despertó horrorizada[8] porque estaba a punto de amamantar[9] al bebé que más odiaba y lo apartó de un manotazo[10]. La leche se derramó[11] y se quedó flotando en el cielo convertida en estrellas. Es la Vía Láctea, la leche que Hera impidió a Heracles beber.

---

6. encariñarse *prnl.* 喜欢
7. mamar *tr.* 喝奶
8. horrorizado, da *adj.* 惊恐的
9. amamantar *tr.* 喂奶，喂养
10. manotazo *m.* 巴掌
11. derramarse *prnl.* 流出，洒出

从那一刻起，众神都爱上了这个有朝一日会成为英雄的与众不同的婴儿，想要保护他免受赫拉的伤害。于是一天下午，当赫拉睡觉时，淘气的赫尔墨斯将婴儿抱到赫拉的胸前吮吸仙奶。

就在这时，赫拉惊恐地醒来，发现自己正要给她最讨厌的婴儿喂奶。她一掌推开赫拉克勒斯，溢出的母乳飘浮在天空中，化作繁星。这就是银河，是赫拉阻止赫拉克勒斯喝的乳汁。

27. POSEIDÓN Y EL REINO SUBMARINO

Poseidón es el dios de los mares que con su tridente[1] maneja todos los mares. Vive en su palacio submarino con todas las criaturas[2] marinas.

Prefería mil veces estar en el fondo del mar con sus criaturas marinas, con sus pulpos[3], sus ballenas[4], sus delfines[5] y sus peces de colores antes que en la superficie. Hubo un tiempo en que salía más a menudo del fondo del mar, pero hace ya tiempo que se niega a salir de su palacio submarino.

Un día subió a la superficie para caminar un rato por la playa y vio a una familia disfrutando de un picnic de primavera en la arena. Poseidón se sintió contento de ver a la familia pasándoselo bien, lo malo vino después. Cuando la familia terminó su picnic, dejaron todos los restos en la playa, no recogieron las botellas de refrescos[6] vacíos y dejaron por la arena un montón de plásticos. Entonces Poseidón se enfadó. Se enfadó mucho.

Se subió a su caballito de mar y volvió a su palacio submarino. Allí cogió su tridente y empezó a remover[7] las aguas, como si estuviera removiendo un plato de sopa. Entonces el mar se embraveció[8], las olas eran gigantescas[9] y comenzó una gran tormenta. Eso hizo que todas las personas que estaban disfrutando de su día de playa tuvieran que salir corriendo y marcharse a su casa.

1. tridente *m.* 三叉戟
2. criatura *f.* 生物

27. 波塞冬和海底王国

波塞冬是海神，用他的三叉戟掌管着所有的海域。他和所有的海洋生物都住在他的海底宫殿里。

相比于在海面上，他更喜欢与他的海洋生物，如章鱼、鲸鱼、海豚以及五颜六色的鱼儿一起生活在海底。曾经有一段时间他频繁地从海底出来，但很长一段时间他都拒绝离开他的水下宫殿。

一天，他浮出水面来到海滩散步，看到一家人在沙滩上享受春天的野餐。看到一家人玩得很开心，波塞冬也很高兴，但好景不长。一家人野餐结束后，他们把所有的垃圾都留在了海滩上，没有捡起空的汽水瓶，还在沙滩上留下了很多塑料制品。于是，波塞冬非常非常生气。

他骑上海马，回到海底宫殿。拿起他的三叉戟，就像在搅动一碗汤那样开始搅动海水。这时，海面风浪四起，浪涛汹涌，掀起了一场可怕的暴风雨。所有在海滩玩耍的人们不得不逃跑回家。

3. pulpo *m.* 章鱼
4. ballena *f.* 鲸鱼
5. delfín *m.* 海豚
6. refresco *m.* 汽水，冷饮
7. remover *tr.* 翻动，搅动
8. embravecerse *tr.* 起风浪
9. gigantesco, ca *adj.* 巨大的

Y es que a Poseidón no le gusta nada que los humanos dañen a sus criaturas marinas o ensucien sus playas. Por eso ya nunca sale de su palacio submarino, así que si alguien quiere hablar con el dios de los mares tiene que bucear hasta encontrarle. Y a veces muestra su descontento con la gente removiendo las aguas con su tridente.

这是因为波塞冬一点都不喜欢人类伤害海洋生物或弄脏海滩。这就是为什么他再也不离开海底宫殿的原因了。如果有人想和海神交谈，他必须潜入水中找到他。有时他用他的三叉戟搅动水域表示对人们的不满。

28. LA PRIMERA TELA DE ARAÑA CREADA POR ATENEA

Aracne era la hija de un tintorero[1] de la región de Lidia. Además de ser una muchacha muy hábil con el telar, era también un poco vanidosa[2] y se pasaba los días presumiendo[3] de lo bien que tejía. Era cierto que tejía bien, y se creía la mejor del mundo con el telar e incluso más hábil que la propia diosa Atenea.

Y claro, la diosa se enfureció porque nadie,es capaz de ser mejor que Atenea en cuestión de manualidades[4], que para algo es una diosa. Así que Atenea bajó del Olimpo y se encaró con Aracne.

– ¡Cómo te atreves a decir que eres mejor tejedora que yo! – le dijo la diosa Atenea a Aracne.

– ¡Porque soy mejor que tú y cuando quieras te lo demuestro! – contestó Aracne.

Así que decidieron solucionar la discusión con una competición[5] de telares para ver quién de las dos hacía la creación más bonita en el telar. Se pasaron varios días tejiendo, no comían, no se iban a dormir, no descansaban. Y cada una en su telar se esforzaba por tejer el dibujo más bonito. Finalmente lo terminaron y la verdad es que la diosa Atenea se llevó una sorpresa.

1. tintorero *m.* 洗染工
2. vanidoso, sa *adj.* 爱虚荣的
3. presumir *intr.* ~ de 自负，自得
4. manualidad *f.* 手艺，工艺
5. competición *f.* 比赛，竞赛

28. 雅典娜创造的第一张蜘蛛网

阿拉克涅是吕底亚地区一位染工的女儿。她除了是个织布能手外，还有点虚荣，整天都在炫耀她织得有多好。的确，她织得很好，并认为自己是世界上最好的纺织女，甚至比女神雅典娜本人还要娴熟。

当然，女神被激怒了，因为没有人在工艺方面比雅典娜更好，雅典娜可是女神。于是雅典娜离开奥林匹斯山，亲自会会阿拉克涅。

“你怎么敢说你是一个比我更好的织工！”雅典娜女神对阿拉克涅说。

“因为我比你织得好，只要你愿意，我都可以为你展示！”阿拉克涅回答道。

于是她们决定通过一场织布比赛来解决争论，看看两人中谁在织布机上织出了最漂亮的作品。她们不吃饭、不睡觉、也不休息，没日没夜不停地织布。每个人都想在织布机上编织出最美丽的图案。她们终于完成了比赛，女神雅典娜不由得吃了一惊。

Aracne había tejido un dibujo precioso que representaba a todos los dioses olímpicos de forma muy realista, así que la diosa Atenea se enfadó y no quiso dar su brazo a torcer[6].

– El mío es más bonito – decía Atenea. Y como era una diosa nadie se atrevió a llevarle la contraria.

Pero todos sabían que el dibujo de Aracne era más bonito. También lo sabía Atenea, que se lo tomó tan mal que convirtió a Aracne en una espantosa[7] araña peluda[8]. Hasta entonces nunca antes había habido una araña en el mundo. Así que decidió a dejar a la joven Aracne, que ahora era una araña peluda, que pasara el resto de su vida haciendo lo que más le gustaba hacer, que era tejer. Y así fue como las arañas empezaron a tejer su tela de araña y nunca se paran de tejerla.

---

6. dar su brazo a torcer 退步，让步
7. espantoso, sa *adj*. 可怕的，令人恐惧的
8. peludo, da *adj*. 毛茸茸的

阿拉克涅以非常逼真的方式编织了一幅代表了奥林匹斯山所有众神的美丽图画，于是女神雅典娜很生气，毫不退让。

“我的更漂亮，”雅典娜说。没有人敢反驳她，因为她是女神。

但每个人都知道阿拉克涅的织品更漂亮。雅典娜也心知肚明，她很不高兴，就把阿拉克涅变成了一只可怕的毛茸茸的蜘蛛。在此之前，世界上从来没有蜘蛛。因此雅典娜决定让已经变成蜘蛛的阿拉克涅余生都做她最喜欢的编织。因此蜘蛛开始编织蜘蛛网，而且从不停止。

29. TESEO Y EL MINOTAURO[1]

Cuentan que hace mucho tiempo, habitaba en la isla griega de Creta[2] un terrible monstruo[3], que tenía cuerpo de hombre y cabeza de toro. Era hijo de la reina de Creta y de un toro blanco.

Para esconder a aquel monstruo, habían mandado construir en la isla un laberinto[4] oscuro y tortuoso[5], del que el nunca podría salir. Tenía atemorizados a todos los habitantes de Creta y le entregaban de vez en cuando hombres y mujeres en sacrificio[6].

Fueron muchos los que intentaron acabar con aquel monstruo, pero ninguno logró salir de aquel laberinto con vida. Hasta que un valiente soldado[7], se presentó voluntario como sacrificio a la bestia[8], pero con la intención secreta de terminar con el Minotauro. El nombre de aquel valiente joven era Teseo, el príncipe de Atenas.

Teseo acudió con sus mejores hombres a Creta, y visitó al rey Minos para ofrecerse[9]:

– Majestad, soy Teseo, príncipe de Atenas. Vengo para prestarme en sacrificio ante el Minotauro, en lugar de algún otro joven.

---

1. Minotauro *m.* 牛头怪
2. Creta *f.* 克里特岛
3. monstruo *m.* 怪物，巨兽
4. laberinto *m.* 迷宫
5. tortuoso, sa *adj.* 曲折的，弯曲的
6. sacrificio *m.* 祭品，供品
7. soldado *m.* 士兵
8. bestia *f.* 牲口，牲畜
9. ofrecerse *prnl.* 自告奋勇做某事

29. 雅典国王忒修斯和牛头怪

很久以前，在希腊的克里特岛上，住着一个牛头人身的可怕怪物。他是克里特岛女王和一头白牛的儿子。

为了隐藏这个怪物，他们在岛上建了一个黑暗而曲折的迷宫，让他永远无法离开那里。克里特岛的所有居民都很害怕他，并时不时会把人类作为贡品送给他。

有很多人试图杀死这个怪物，但他们没有一个人能够活着走出迷宫。直到一位勇敢的士兵自愿把自己作为贡品献给牛头怪，想暗地里趁机杀死它。这个勇敢的年轻人就是雅典的王子忒修斯。

忒修斯带着他那些勇猛的随从一起去克里特岛拜访米诺斯国王，准备自告奋勇去杀死牛头怪。

“陛下，我是雅典王子忒修斯。我愿意代替其他人作为祭品献给牛头怪。”

Junto al rey de Creta estaba en ese momento su hija, Ariadna, a la que le encantaba tejer. Deslumbrada[10] por la valentía y carácter decidido del joven, se enamoró al instante[11] de él y, ya cuando se iba, se acercó y le dijo:

– Teseo, lo más difícil no es matar al monstruo, sino salir del laberinto. Muchos se perdieron en él y ni siquiera consiguieron llegar hasta la guarida[12] del Minotauro. Pero tengo una idea: he preparado un ovillo[13] de lana muy fuerte para que no pueda romperse. Úsalo para marcar el camino por el que andas.

Teseo se quedó asombrado ante una idea tan buena, y tomó el ovillo entre sus manos:

– Sin duda, eres la mujer más inteligente que conozco. Haré lo que me dices, Ariadna.

Teseo y sus hombres se dirigieron hacia el laberinto del Minotauro. Una vez en la entrada, uno de los soldados se encargó de sostener con fuerza el extremo de la lana del ovillo. Teseo entraría solo para acabar con el monstruo. Se metió el ovillo en el bolsillo y comenzó a andar. Gracias a la lana, consiguió orientarse y no volver a pasar por el mismo camino. El laberinto era oscuro y húmedo, y apenas podía caminar por él palpando[14] las paredes.

Cuando escuchó más cerca los bufidos[15] del monstruo, comenzó a cercarse más despacio, sin perder ni un momento su ovillo de lana. Y al llegar al lugar en donde se encontraba el gigantesco monstruo, lo encontró durmiendo.

---

10. deslumbrar *tr.* 使沉迷
11. al instante *adv.* 立即，马上
12. guarida *f.* 藏身处，隐蔽处
13. ovillo *m.* 团，球
14. palpar *tr.* 摸，触，碰
15. bufido *m.* 呼吸声

克里特岛国王的旁边是他的女儿阿里阿德涅，她喜欢织布。她被这个年轻人的勇气和决心迷住了，立刻就爱上了他。在他离开时，她走到他身边说：

“忒修斯，最困难的事情不是杀死那个怪物，而是走出迷宫。许多人在里面迷失了方向，甚至没能找到牛头怪的藏身之处。我有一个想法：我准备了一个非常结实、不会破裂的羊毛球，你用它来标记你走过的道路。”

忒修斯对这样的好主意感到惊奇，他把毛线球拿在手里说：

“你肯定是我所认识的最聪明的女人。我会照你说的做，阿里阿德涅。”

忒修斯和他的手下向牛头怪的迷宫出发了。一到门口，一名士兵负责紧紧抓住羊毛球的一端，忒修斯则独自进去杀死这个怪物。他把毛线球放进口袋，开始向前走。多亏了羊毛，他能够找到方向，不用绕到相同的路上。迷宫里又黑又潮，他只能摸着墙壁勉强前行。

当怪物的呼吸声更近时，他便慢慢靠近，手里还仅仅握着羊毛球。当他走到那个巨大的怪物的面前时，发现它正在睡觉。

Teseo no perdió ni un segundo: se abalanzó[16] hacia él y consiguió matarle, no sin antes tener que librar una terrible batalla.

Sus hombres escuchaban desde la entrada los gemidos y gritos, y no sabían qué pensar, hasta que un tirón[17] del hilo les devolvió la esperanza. Después de unos agónicos[18] minutos de espera, Teseo apareció por la puerta, resplandeciente[19] de emoción.

– ¡He acabado con el monstruo! – dijo orgulloso y regresaron victoriosos a Atenas.

---

16. abalanzarse *prnl.* 冲，扑
17. tirón *m.* 拉，扯
18. agónico, ca *adj.* 痛苦的，垂死的
19. resplandeciente *adj.* 明亮的，光辉的

忒修斯立刻冲向怪物并成功杀死了他，免去了一场可怕的战斗。

他的手下听到入口处传来的呻吟和哭声，不知道该怎么办，直到羊毛线被拉动了一下，给士兵们又带来了希望。经过几分钟痛苦的等待，忒修斯出现在门口，浑身散发出胜利的光芒。

他骄傲地说："我已经把怪物杀死了！"随后就和他的手下顺利地回到了雅典。

30. PERSEO Y MEDUSA

Cuentan que hace mucho, pero que mucho tiempo, vivían en el monte de Atlas, en Grecia, unas hermanas realmente malvadas[1]. Las conocían como Gorgonas[2], pero la más terrible de las dos, se llamaba Medusa, una joven muy hermosa pero con una extraña maldición[3].

Medusa, en lugar de cabellos, tenía serpientes que salían de su cabeza. Sus ojos eran terriblemente hipnóticos[4] y cada vez que miraba fijamente a un ser vivo, hombre o animal, este se transformaba en estatua[5] de piedra de inmediato.

Fueron muchos los que intentaron matarla. Guerreros muy valientes que subieron el monte Atlas en busca de Medusa. Pero ninguno lo consiguió. Y toda la ladera[6] de la montaña estaba llena de estatuas de piedra.

– Yo la mataré- dijo un buen día el hijo del dios Zeus, Perseo.

– Hijo, es muy peligroso. Ningún guerrero ha conseguido librarse del maleficio[7] de esa mujer – le advirtió su padre.

– Iré bien preparado, padre.

---

1. malvado, da *adj.* 邪恶的，歹毒的
2. Gorgona *f.* 戈尔贡女妖，蛇发女妖
3. maldición *f.* 诅咒，咒语
4. Hipnótico, ca *adj.* 催眠的
5. estatua *f.* 雕像，塑像
6. ladera *f.* 山坡，山腰
7. maleficio *m.* 诅咒，妖术

30. 帕修斯和美杜莎

据说很久很久以前，一对非常邪恶的姐妹住在希腊的阿特拉斯山上。她们被称为戈尔贡女妖（蛇发女妖），但两人中更可怕的是美杜莎，一个非常美丽的年轻女子，但有着奇怪的诅咒。

美杜莎头上长出来的不是头发而是蛇。她的眼睛能让人，每次凝视一个活物，无论是人还是动物，都会立刻化作一尊石像。

有很多人试图杀死她，甚至一些非常勇敢的战士，登上阿特拉斯山寻找美杜莎。但他们都没有成功。而整个山腰，都是石像。

“我要杀了她。”有一天，宙斯神的儿子帕修斯说。

“儿子，这很危险。没有一个战士能够摆脱那个女人的诅咒。”他的父亲警告他。

“我会做好准备的，父亲。”

Perseo estaba decidido a terminar con la espantosa Medusa. Para ello, llevó todo lo necesario, regalos que había recibido de los dioses para ayudarle: una espada curva y muy afilada[8] que le regaló el dios Hermes, y un escudo[9] de bronce[10] de una sola pieza que le regaló la diosa Atenea. Y por último, Perseo tenía unas pequeñas alas en los tobillos[11] que le permitían volar.

– Lo más importante es que nunca debo mirarla a los ojos directamente- se decía una y otra vez Perseo.

Así que decidido, ascendió volando el monte Atlas y en lugar de llegar al lugar donde estaba Medusa, se quedó un poco apartado. Desde allí podía observarla. Para no mirarla directamente, Perseo usó su escudo como espejo. Así podía observar sus movimientos indirectamente.

Medusa vio a Perseo e intentó asustarle. Se movía de un lado a otro, soltando terribles gritos. Sus serpientes no dejaban de retorcerse[12] y de mirarle con sus horribles ojos amarillos. Pero Perseo no se movía de donde estaba. Simplemente esperó, sin dejar de observar a través de su escudo.

Medusa cada vez estaba más y más enfadada y se movía y gritaba más y más. Hasta que, muerta de cansancio, fue apagando su furia hasta caer dormida. Sus serpientes también fueron cerrando los ojos una a una. Y justo cuando se durmió la última de ellas, Perseo salió con mucho cuidado y se acercó en silencio hasta ella. Y de un solo golpe, le cortó la cabeza.

Y así es cómo el hijo de Zeus consiguió acabar con la terrible Medusa. Dicen que conservó la cabeza, que usaba contra sus enemigos de vez en cuando, para convertirlos en estatuas de piedra.

---

8. afilado, da *adj*. 锋利的，尖锐的
9. escudo *m*. 盾，盾牌
10. bronce *m*. 青铜

帕修斯决心消灭可怕的美杜莎。为此，他把众神送给他降妖除魔的法宝都带在了身上：信使之神赫尔墨斯给他的一把弯曲且非常锋利的剑，女神雅典娜给他的一枚青铜盾牌。最后，还有帕修斯脚踝上的一双小翅膀，可以让他飞行。

“最重要的是，我永远不应该直视她的眼睛。”帕修斯一遍又一遍地对自己说。

因此他决定飞上阿特拉斯山，他没有去美杜莎所在的地方，而是稍稍避开了，从那里他可以观察她。为了不直视她，帕修斯用他的盾牌作为镜子，这样就可以间接观察她的动作。

美杜莎看到了帕修斯并想吓唬他。她不停地移动，发出可怕的尖叫声。她头上的蛇也不停地蠕动，用它们可怕的黄色眼睛盯着他。但是帕修斯仍然呆在原地。他只是在等待，不时地透过盾牌观察她。

美杜莎越来越生气，不断地移动，不停地尖叫。直到精疲力竭，她才平息怒火，睡着了。她头上的蛇也一一闭上了眼睛。等最后一条蛇也睡着的时候，帕修斯小心翼翼地走了出来，悄无声息地靠近了她，用剑一下子就砍下了她的头。

就这样，宙斯的儿子杀死了可怕的美杜莎。据说他时常用美杜莎的头，来对付他的敌人，把他们变成石像。

---

11. tobillo *m.* 脚踝

12. retorcerse *prnl.* 蠕动，扭曲

31. CÓMO SE FORMA EL ARCOÍRIS[1]

Iris es una de las diosas más fascinantes[2] de todo el Olimpo y es una chica con una larguísima[3] melena[4] azul del color del cielo y que vuela rápidamente llevando los mensajes[5] de los dioses. Hace que las nubes se junten y se ponga un día nublado, que luego empiece a llover y a llover mientras ella recorre[6] todo el cielo para llevar su mensaje.

Iris no tiene alas, sino que vuela con una capa[7] de colores, los colores del arcoíris. Cuando la diosa Iris llega a su destino, quita las nubes, saca sus lápices[8] de colores y dibuja un arco enorme para que todo el mundo en la tierra y en el cielo pueda verlo. Así escriben los mensajes los dioses.

El arco que dibuja con sus lápices mágicos la diosa Iris siempre tiene los mismos colores, pero a veces unos colores se ven más que otros, dependiendo[9] de a quién va dirigido el mensaje. Por ejemplo, cuando el color azul del arco iris es el que mejor se ve, el más intenso[10], es porque Zeus le ha mandando[11] un recado[12] a Poseidón, el dios del mar, para que deje de enfadarse[13] tanto.

---

1. arcoíris *m.* 彩虹
2. fascinante *adj.* 令人着迷的
3. larguísimo, ma *adj.* 为 largo, ga 的绝对最高级，意为“极长的”。
4. melena *f.* 披到肩上的散发
5. mensaje *m.* 讯息，消息，信息
6. recorrer *tr.* 走遍
7. capa *f.* 披风，斗篷
8. lápiz *m.* 铅笔
9. depender *intr.* 取决于

31. 彩虹的由来

伊里斯是整个奥林匹斯山最迷人的女神之一，她披着天空一般的蓝色长发，带着众神的讯息疾速飞翔。她让云层聚集在一起，于是乌云密布，然后便开始下雨。她就在雨中到处飞行，传递信息。

伊里斯没有翅膀，但她有一件彩色的披风。当伊里斯女神到达目的地时，便拨开乌云，拿出彩色铅笔，画一个巨大的弧形，让天地之中的每个人都能看到。天上的诸神就这样写下自己的信息。

伊里斯魔法铅笔画出的弧线颜色总是相同的，但有些时候，一些颜色会比其他颜色更明显，这取决于信息是给谁的。例如，当蓝色最明显、最强烈时，意味着宙斯向海王波塞冬发信息，让他停止大发雷霆。

---

10. intenso, sa *adj*. 强烈的，明显的

11. mandar *tr*. 寄出，发出

12. recado *m*. 口信

13. enfadarse *prnl*. 生气，恼怒

Cuando en el arcoíris predomina[14] el color verde es porque el mensaje va dirigido a la Naturaleza, como cuando Zeus le dijo un día que debía tener más cuidado porque los humanos la estaban contaminando[15]. Si es el color amarillo el que más se ve, el mensaje va dirigido al Sol, para decirle que brille[16] con menos intensidad porque puede quemar[17] a la gente.

Son mensajes que se mandan los dioses en el cielo entre ellos. Y lo hacen a través de esta Iris que dibuja preciosos[18] arcos en el cielo. Pero Iris también escribe en el cielo mensajes para los humanos, porque su arco siempre es el anuncio[19] de que ese día triste[20], lluvioso, nublado y gris[21] ha llegado a su fin.

---

14. predominar *intr.* 占据主导地位，占优势
15. contaminar *tr.* 污染
16. brillar *intr.* 发光，发亮
17. quemar *tr.* 晒伤
18. precioso, sa *adj.* 美丽的，漂亮的
19. anuncio *m.* 预兆，迹象
20. triste *adj.* 悲伤的
21. gris *adj.* 阴沉的，灰暗的

当绿色在彩虹中占主导地位时，就是宙斯向大自然发出的警告，告诫大自然要多加小心，因为人类正在污染她；如果黄色最明显，那就说明这条信息是给太阳的，劝它不要太亮，否则会灼伤人类。

这些都是众神通过伊里斯在天上画出美丽的弧线来互发消息。除此以外，伊里斯也为人类传递着美好的讯息，因为她所画的弧线总是昭示着多雨多云、昏暗悲伤的一天已经结束了。

32. EROS Y PSIQUE

Cuenta la leyenda[1] que hace muchos años había un rey que tenía tres hijas. Las tres eran bellísimas[2] pero la belleza de la menor, Psique, era sobrehumana[3]. Hasta tal punto que de todas partes acudían a admirarla y comenzaban a adorarla como si de una reencarnación[4] de la diosa Afrodita se tratase.

Os podéis figurar el ataque de celos de la diosa ante la belleza de Psique cuando se da cuenta de que los hombres estaban abandonando[5] sus altares para ir adorar a una simple mortal[6]. No se le ocurrió mejor idea que pedir a su hijo Eros que intercediese[7] para poner fin a semejante ofensa[8].

A Psique la belleza no le había traído ninguna felicidad. Los hombres, como ya hemos dicho antes la idolatraban[9] de mil maneras, pero ninguno osaba[10] pedir su mano y esto empezaba a preocupar[11] a sus padres quienes ya habían casado a sus dos hermanas mayores.

Tal era la desesperación[12] que intentando buscar la solución correcta no se les ocurrió mejor idea que consultar[13] al Oráculo. Pero lejos de encontrar consuelo lo que el Oráculo predijo fue que Psique se iba a casar en la cumbre de una montaña con un monstruo[14] venido de otro mundo.

---

1. leyenda *f.* 传说
2. bellísimo, ma *adj.* 为 bello, lla 的绝对最高级，意为“极漂亮的”。
3. sobrehumano, na *adj.* 超凡脱俗的
4. reencarnación *f.* 转世，再生
5. abandonar *tr.* 不理睬；离开
6. mortal *m.,f.* 凡人

32. 厄洛斯和赛琪

传说很多年前，有一个国王，他有三个女儿。三个女儿都很美丽，但年纪最小的那一个女儿赛琪，她的美是超凡脱俗的，美到各地的人们都从很远的地方赶来只为了能亲眼看一看她，见过她真容的人都开始崇拜她，仿佛她是阿佛洛狄忒女神的转世。

你们可以想象一下，当阿佛洛狄忒女神意识到人们逐渐不再祭拜她，转而去崇拜一个普通的凡人时，她对赛琪的美貌该有多嫉妒呀！但她实在想不到什么好办法，只能请她的儿子厄洛斯出面调停，结束这一场于她而言的羞辱。

事实上，美貌并没有给赛琪带来任何快乐。正如我们之前所说，成千上万的男人以各种方式崇拜她，但却没有一个敢向她求婚，这让已经把她的两个姐姐都嫁出去的父母开始担心。

他们是如此的绝望，以至于在试图解决问题时，除了请求神谕指示，竟想不到其他更好的主意。但是，他们非但没有从神谕那里得到慰藉，反而收到了一个更加令人绝望的预言——赛琪将在一个山顶上与来自另一个世界的怪物结婚。

---

7. interceder *intr.* 说情，调解
8. ofensa *f.* 冒犯，羞辱
9. idolatrar *tr.* 崇拜
10. osar *tr.* 敢于
11. preocupar *tr.* 使担心，使忧虑
12. desesperación *f.* 绝望
13. consultar *tr.* 请教，求教
14. monstruo *m.* 怪物

Como nadie osaba cuestionar las predicciones[15] del Oráculo, Psique aceptó su destino y sus padres la llevaron hasta la cima de la montaña donde, llorando, la abandonaron.

Allí se la encontró Céfiro, quien la elevó por los aires y la depositó[16] en un profundo valle sobre un lecho de verde césped. Psique extenuada[17] con tantas emociones, se quedó dormida y al despertar se encontró en medio del jardín de un maravilloso Palacio de indescriptible[18] lujo y belleza. Cuando penetró en el interior escuchó unas voces que le revelaron que el palacio le pertenecía[19] y que todos estaban allí para servirla.

El día fue transcurriendo[20] de sorpresa en sorpresa y de maravilla en maravilla. Al atardecer, Psique sintió una presencia a su lado: era el esposo de quien había hablado el Oráculo; ella no lo vio pero no le pareció tan monstruoso como temía. Su voz era suave y amable y le hacía sentirse muy bien a su lado pero jamás dejó ver su rostro y le advirtió[21] que si le veía le perdería para siempre.

Así fueron las cosas a lo largo de las siguientes semanas. Durante el día Psique permanecía sola en Palacio y por la noche su marido se reunía con ella y eran muy felices. Pero un día Psique sintió añoranza[22] de su familia y rogó a su esposo que le dejará ir a visitarlos. Tras muchas súplicas[23], y pese a advertirle de todos los peligros que corría con su partida, su marido accedió y pidió a Céfiro que la llevase a la cumbre de la montaña donde la habían abandonado. Desde allí Psique caminó a su casa.

---

15. predicción *f.* 预言

16. depositar *tr.* 放置，安放

17. extenuado, da *adj.* 筋疲力尽的

18. indescriptible *adj.* 难以形容的

19. pertenecer *intr.* 属于

由于没有人敢质疑神谕的预言，赛琪也不得不接受了她的命运。她的父母把她带到了山顶，在那里，他们哭泣着抛弃了她。

泽费罗斯发现了赛琪，他把她抱起来，放在一个深谷中的绿草床上。经历了情绪大起大落的赛琪早已筋疲力尽，很快便睡着了。当她醒来的时候，发现自己在一个无比奢华梦幻的宫殿花园中。当赛琪走进宫殿时，她听到了一个声音，那声音告诉她，这个宫殿归她所有，宫殿里的所有人都为她服务。

这一天简直就是在一个接一个的惊喜中度过的。黄昏时分，赛琪感到有一个人出现在她身边：那便是神谕所说的她的丈夫。她虽没有看到他，但也觉得那人似乎并不像她所担心的那样可怕。赛琪沉醉于他温柔的声音，十分愿意待在他身边。只不过他从来不让赛琪看到他的脸，同时提醒说，如果赛琪看到了他的脸，赛琪将会永远失去他。

之后的几周里，赛琪每天都过得一样：白天，她独自待在宫殿里。晚上，她的丈夫会与她一起，他们生活得非常快乐。但有一天，赛琪想家了，她请求丈夫让她去回家看望家人。经过一番恳求，尽管一再警告赛琪她的离开会造成的危险，丈夫还是同意了，并请求泽费罗斯将赛琪带到她被遗弃的那个山顶，赛琪就从那里出发走回家。

20. transcurrir *intr.*（时间）消逝，流逝

21. advertir *tr.* 提醒；警告

22. añoranza *f.* 思念，怀念

23. suplica *f.* 请求

Todos la recibieron con gran alegría pero sus hermanas cuando la vieron tan feliz y abrieron los maravillosos regalos que les había traído, no pudieron contener[24] la envidia y no pararon hasta que la pobre Psique les confesó[25] que jamás había visto a su marido. Pero las maquiavélicas[26] y envidiosas hermanas no descansaron hasta convencer[27] a Psique de la necesidad de descubrir quién era su marido.

Su plan era el siguiente: Psique debía ocultar una lámpara y durante la noche, mientras él dormía, prenderla[28] para así ver su rostro.

Y así lo hizo. Psique volvió al palacio en el que vivía con Eros y siguiendo el plan de sus hermanas descubrió que su marido era un joven de gran belleza. Emocionada por el descubrimiento le tembló la mano que sostenía la lámpara, dejando caer una gota de aceite hirviendo[29] sobre su amado. Al sentirse quemado Eros —ese era el monstruo cruel que tenía por marido y al que se había referido el Oráculo— se despertó y cumpliendo su amenaza huyó en el acto para no volver jamás.

Sola y desamparada[30], sin la protección de Eros, Psique se dedicó a errar por el mundo perseguida por la cólera de Afrodita que seguía indignada ante tanta belleza. Ninguna divinidad la quiso acoger y finalmente cayó en manos de la diosa que la encerró[31] en su palacio y la atormentó[32] de todas las maneras posibles. Hasta le hizo descender a los infiernos en busca de un frasco de agua de Juvencia que debía entregar sin abrir. La curiosidad pudo nuevamente con Psique y cuando abrió el frasco quedó sumida en un profundo sueño.

---

24. contener *tr.* 抑制，克制

25. confesar *tr.* 坦白

26. maquiavélico, ca *adj.* 虚伪的

家里所有人都兴高采烈地迎接赛琪，唯独她的两个姐姐，在看到妹妹过得如此幸福，并且打开了妹妹带给她们的精美礼物时，她们无法抑制自己心中的嫉妒，直到可怜的赛琪向她们承认她到现在为止都没见过自己的丈夫的脸时，她们心中的嫉妒才消停一些。然后，虚伪善妒的姐姐们就开始不停说服赛琪去揭晓她丈夫的身份之谜。

她们的计划是这样的：赛琪事先藏起一盏灯，在夜里，当丈夫熟睡时，将灯点燃，这样就能看到他的脸了。

赛琪照做了。回到她和厄洛斯共同居住的宫殿后，赛琪按照姐姐们的计划照办，于是就发现她的丈夫原来是一个非常英俊的年轻人。这个发现让赛琪非常激动，拿着灯的手不受控制地颤抖了一下，于是，一滴沸腾的灯油滴落在她的爱人身上。感觉到了灼烧，厄洛斯，赛琪的丈夫，也就是神谕口中残忍的怪物，他醒了过来，履行了他曾发出的警告，当场逃走了，再也没有回来。

失去了厄洛斯庇护的赛琪从此孤独又无助，独自在世上游荡。而阿佛洛狄忒对赛琪的美貌仍然心怀不甘，她的怒火不停地追赶着赛琪。没有神灵愿意收留赛琪，她最终还是落入了阿佛洛狄忒的手中。阿佛洛狄忒把她关在自己的宫殿里，用各种方式折磨着她，甚至让她下到地狱里去寻找一瓶青春之水交给她，并且绝对不能打开这壶水。好奇心又一次在赛琪身上占了上风，她选择打开瓶子。就在打开的那一瞬间，赛琪陷入了沉睡。

---

27. convencer *tr.* 说服

28. prender *tr.* 点燃

29. hervir *intr.* 沸腾

30. desamparado, da *adj.* 无助的，不被关心的

31. encerrar *tr.* 关在……里

32. atormentar *tr.* 折磨

Mientras tanto Eros sufría enormemente pues era incapaz de olvidar a Psique. Cuando supo que estaba sumida en un sueño mágico no lo pudo soportar más, voló hacia ella y la despertó de un flechazo; después subió al Olimpo para rogar[33] a Zeus que le permitiese casarse con ella aunque fuese mortal. Zeus se compadeció[34] de Eros y otorgó la inmortalidad a Psique haciéndole comer Ambrosía[35]. Después apaciguó[36] la cólera[37] de Afrodita y ordenó el casamiento de Eros y Psique, que duraría para siempre.

La boda de los dos enamorados se celebró en el Olimpo con gran regocijo[38].

---

33. rogar *tr.* 请求，恳求
34. compadecer *tr.* 同情，怜悯
35. Ambrosía *f.* 神话中的食品，仙馔，美酒
36. apaciguar *tr.* 使平息
37. cólera *f.* 怒气
38. regocijo *m.* 欢乐，庆祝

与此同时，厄洛斯也饱受煎熬，因为他始终忘不掉赛琪。得知赛琪陷入沉睡魔咒，他再也无法忍受，立马飞到她身边，用自己的箭将她唤醒。然后登上了奥林匹斯山，乞求宙斯让他娶了赛琪，尽管赛琪是个凡人。宙斯怜悯厄洛斯，于是让赛琪食用仙酒，以此获得永生。然后，他又平息了阿佛洛狄忒的怒火，并下令让厄洛斯和赛琪结婚。

这对恋人在奥林匹斯山上举行了盛大的婚礼。

33. FILEMÓN Y BAUCIS, TODA UNA VIDA Y MÁS AMÁNDOSE

En una antigua región de Asia menor llamada Frigia, en lo alto de una colina viven dos árboles milenarios[1], un roble y un tilo, rodeados por un viejo muro.

Hace muchos años llegaron a esa misma región Zeus y su hijo Hermes quienes habían decidido adoptar la figura humana para poner a prueba la hospitalidad[2] de los hombres.

Llamaron a mil puertas pidiendo que les dejasen una cama en la que pasar la noche pero el carácter de los habitantes de la zona era duro y egoísta y los dioses no hallaron cobijo[3] en ninguna parte, hasta que ya, en el extremo del pueblo, dieron con una diminuta[4] cabaña[5]. En ella vivían el anciano Filemón y su esposa Baucis, un matrimonio[6] muy pobre pero feliz que llevaba toda la vida juntos y vivían pese a su pobreza contentos y apacibles[7] en su humilde choza.

Al acercarse Zeus y Hermes a la humilde cabaña, la honrada[8] pareja salió a su encuentro. Rápidamente el anciano les ofreció asiento y Baucis, su mujer, se apresuró[9] a cubrirles con toscas telas. Sin tomarse un respiro, la viejecita corrió al otro lado de la habitación para avivar el fuego sobre el que colocaban el caldero[10], en el que preparó una sopa con los escasos medios que tenían.

---

1. milenario, ria *adj*. 千年的
2. hospitalidad *f*. 热情好客
3. cobijo *m*. 安身处，落脚的地方

33. 费莱蒙和鲍西斯一生一世深爱对方

在亚洲一个叫弗里吉亚的古老地区，在一座山顶上生长着两棵古树，一棵橡树和一棵椴树，树周围有一面古老的墙。

许多年前，宙斯和他的儿子赫尔墨斯决定考验人类是否热情好客，于是化作人类的模样来到这里。

他们敲了上千户人家的家门，请求给他们一张过夜的床，但这里的人们冷酷又自私，所以宙斯和他儿子没有找到落脚的地方。终于在村子的尽头他们发现了一间小小的茅草屋。那里住着一对非常贫穷但幸福的夫妻，费莱蒙和他的妻子鲍西斯。他们一直都生活在一起，尽管贫穷，但他们在简陋的小屋里生活得很满足、很安逸。

当宙斯和赫尔墨斯走近这个简陋的小屋时，这对善良的夫妇出来迎接他们。费莱蒙赶忙给他们腾出了一个座位，他妻子鲍西斯则拿出粗布盖在座位上。老妇人一口气没喘，就跑到屋子的另一边烧火，把大锅放在上面，用他们仅剩的食材放在锅里煮了一碗汤。

---

4. diminuto, ta *adj.* 很小的
5. cabaña *f.* 茅屋，茅舍
6. matrimonio *m.* 夫妻
7. apacible *adj.* 安适的，无忧无虑的
8. honrado, da *adj.* 正直的，老实的，善良的
9. apresurarse *prnl.* 急忙，赶紧
10. caldero *m.* 锅

Para que a los forasteros no se les hiciera larga la espera se esforzaron en entretenerlos con una charla inocente, además de verter agua en el barreño[11] para que sus huéspedes[12] se pudiesen refrescar los pies, cansados como debían estar de tanto caminar.

Los dioses aceptaron todo lo que les ofrecían con una amable sonrisa y tras preparar la cama en el que pasarían la noche la viejita Baucis, encorvada[13] y con mano temblorosa[14] arregló la mesa delante de la cama, en la que colocó todos los manjares[15] que podía ofrecer a sus huéspedes.

Todo lo sirvió Baucis en los únicos cuencos[16] que tenían, además de sacar los vasos de madera tallada en el que beberían el vino. Pero lo mejor de la comida era sin duda las caras hospitalarias y bondadosas[17] de los excelentes viejos. Mientras todos disfrutaban saboreando la comida y la bebida, el anciano Filemón observó que, a pesar de que se llenaban una y otra vez los vasos, la jarra que contenía el vino nunca se vaciaba, es más, siempre estaba a rebosar[18].

Entonces asustado comprendió a quiénes albergaba. Lleno de angustia, él y su anciana compañera rogaron a sus huéspedes que fueran benévolos[19] con ellos y tuvieran compasión[20] por la manera tan humilde con la que les habían acogido. Zeus dijo lo siguiente:

– Efectivamente, ¡Somos dioses! y hemos descendido a la Tierra para comprobar la hospitalidad de los humanos. Lo cierto es que vuestros vecinos se han mostrado absolutamente desalmados[21] por lo que obtendrán su castigo; en cuanto a vosotros, dejad esta casa y seguidnos a lo alto de la montaña.

---

11. barreño *m.* 盆
12. huésped *f.* 客人，宾客
13. encorvado, da *adj.* 佝偻的，驼背的
14. tembloroso, sa *adj.* 颤抖的
15. manjar *m.* 食物

为了不让这两个外乡人等待太久，他们充满善意的和他们闲谈，还往盆里倒水，让这两个因长途跋涉而疲惫的客人可以洗脚。

宙斯和赫尔墨斯微笑着接受了他们提供的一切。当鲍西斯铺好他们睡觉的床后，她弯着腰，用颤抖的手收拾好摆放在床前面的桌子，她在桌子上放了能给予客人的所有美食。

鲍西斯用他们仅有的几个碗放这些东西，同时还端出了他们喝酒用的木雕酒杯。这顿饭中最美味的无疑是这对夫妻的好客和善良。费莱蒙注意到，当他们在享用美食和酒时，尽管杯子被一次又一次地装满，但酒壶却一直都是满的，并且总是溢出来。

然后，他吃惊地意识到他收留的人是谁。由于生活很困苦，他和妻子乞求他们的客人善待他们。两位天神很同情他们，并被他们的待客之道感动了。

宙斯说："的确，我们是神，我们来到人间来验证人类是否热情好客。可以肯定的是，你们那些孤僻的邻居们是非常无情冷漠的，所以他们会得到惩罚。至于你们，离开这所房子，跟着我们去山顶。"

16. cuenco *m.* 碗
17. bondadoso, sa *adj.* 善良的
18. rebosar *intr.* 溢出
19. benévolo, la *adj.* 仁慈的
20. compasión *f.* 同情
21. desalmado, da *adj.* 冷酷的，无情的

Los viejos obedecieron[22] y apoyándose en sus bastones, emprendieron como pudieron, la subida al empinado monte. Cuando apenas les faltaban diez pasos para llegar a la cumbre, volvieron la vista atrás y vieron como todo su pueblo se había convertido en un mar tumultuoso[23] en el que únicamente, cual una isla, emergía[24] su humilde cabaña.

Mientras contemplaban[25] atónitos aquel espectáculo, sufriendo por la suerte de sus vecinos, su cabaña se transformó en un esbelto templo de techos dorados y suelo de mármol sostenido por columnas. Entonces Zeus les preguntó:

– Decidme, ancianos, ¿cuál es vuestro mayor deseo?

Tras intercambiar unas pocas palabras entre ellos, Filemón, con voz temblorosa, respondió:

– Puesto que hemos vivido tantos años en amor y armonía, haz que los dos nos despidamos de este mundo el mismo día y a la misma hora; de este modo nunca tendremos que vivir el uno sin el otro.

Y así fue, Zeus les concedió[26] sus deseos. Cuando un día, curvados por los años, Baucis vio a Filemón y Filemón a Baucis transformarse[27] en verde follaje y en torno a sus rostros levantarse sendas frondosas[28] copas.

Y así terminó la digna pareja, él convertido en roble y ella en tilo inseparables y felices para siempre como lo fueron en vida.

---

22. obedecer *intr.* 听从，顺从
23. tumultuoso, sa *adj.* 原意为“混乱的”，此处意译为“波涛汹涌的”。
24. emerger *intr.* 露出（水面）
25. contemplar *tr.* 注视
26. conceder *tr.* 原意为“同意”，此处意译为“满足”。
27. transformar *tr.* 使改变
28. frondoso, sa *adj.* 枝繁叶茂的

老人们同意了，拄着手杖，努力爬上陡峭的山坡。当他们快要走到山顶的时候，回头一看，发现整个村子已经变成了一片波涛汹涌的大海，只有他们简陋的小屋像一个小岛一样漂浮在大海上。

当他们敬畏地看着这一景象，为他们邻居的命运感到痛苦时，他们的小屋变成了一座小寺庙。寺庙由柱子支撑着，屋顶是金色的，地板是大理石铺成的。宙斯慈祥地看向他们并问道：

“告诉我，你们最大的愿望是什么？”

在彼此交流了几句话之后，费莱蒙用颤抖的声音回答说：

“既然我们已经在爱与和谐中生活了这么多年，那就让我们在同一天、同一刻离开这个世界；这样，我们就永远不必离开对方。”

就这样，宙斯满足了他们的愿望。当有一天，他们因年老而驼背，鲍西斯和费莱蒙看到彼此都变成了绿叶，在他们的脸庞周围冒出了枝繁叶茂的树冠。

就这样，这对伟大夫妻的生命结束了，丈夫变成了一棵橡树，妻子则变成一棵椴树，就像他们在生命中一样，永远幸福地在一起。

34. HERMES INVENTÓ LA LIRA[1]

En el Olimpo había una gran cantidad de dioses, cada uno con su función. Si Zeus se ocupaba de vigilar[2] a todos los dioses y los mantenía calmados amenazándolos con su rayo, Poseidón se ocupaba del mar a golpe de tridente y Hades gobernaba en el mundo subterráneo[3]. Ellos eran los jefes de los dioses y luego estaban los demás, como Hermes, el dios más travieso de todo el Olimpo.

Hermes iba a todas partes con sus alas. Tenía un caso con alas, unas sandalias con alas y además también tenía alas en sus talones. Volaba tan rápido para que ningún otro dios pudiera alcanzarle cuando se enfadaban con él. Y eso ocurría muchas veces porque Hermes siempre estaba haciendo alguna travesura[4].

Un día iba Hermes caminando por la playa cuando de pronto se encontró con una tortuga[5] que había muerto porque ya había cumplido más de 200 años. Cuando Hermes se acercó a la tortuga vio que solo estaba el cascarón[6], ya que la tortuga se había ido al cielo. Así que cogió el cascarón y se sentó a pensar qué podía hacer con él.

---

1. lira *f.* 里拉琴
2. vigilar *tr.* 监督
3. subterráneo, nea *adj.* 地下的
4. travesura *f.* 恶作剧
5. tortuga *f.* 乌龟
6. cascarón *m.* 蛋壳

34. 赫尔墨斯发明里拉琴

在奥林匹斯山，居住着许许多多的神，每一位都有自己的职能。宙斯是众神之首，监督着所有的神。他会用雷电威慑众神，让他们保持平静。波塞冬是海神，用他的三叉戟掌管大海，而哈迪斯是掌管冥界的地冥王。他们三兄弟是众神之首，但奥林匹斯山还有着许多其他的神，比如赫尔墨斯——整座奥林匹斯山最顽皮淘气的一位神。

赫尔墨斯带着他的翅膀走遍天下。他有一个带翅膀的帽子，一双翅膀的凉鞋，自己的脚跟上也有翅膀。有了这些翅膀，在惹怒了其他神之后，他总能迅速飞走，其他神都追不上他。这样的情况发生了很多次，因为赫尔墨斯总是制造恶作剧。

有一天，赫尔墨斯在海滩上散步，突然遇到一只超过200岁的、已经死亡的海龟。当赫尔墨斯走近这只海龟时，只看到了龟壳，因为海龟的肉身已经上了天堂。于是他拿着龟壳，坐下来思考他能用这个做什么。

Se le ocurrió poner unas cuerdas[7] a lo largo de todo el cascarón por la parte interior y al tocar las cuerdas la música empezó a sonar. Hermes acababa de inventar la lira pero todavía no se había dado cuenta. Él tocaba las cuerdas y una melodía muy bonita atraía a todos los animales, a las personas y también a los dioses hacia él. Siempre acababa rodeado de gente en cuanto se ponía tocar las cuerdas del caparazón[8] de la tortuga.

Pero había un dios, Apolo, que le tenía mucha envidia a Hermes. Apolo quería quedarse con la lira, pero no sabía cómo quitársela. Así que aprovechó una de las travesuras de Hermes para hacerse con la lira y quedarse él con el título de dios de la música.

Ocurrió cuando Hermes le robó todas las ovejas a Apolo. Bueno, no se las robó, solo se las escondió para gastarle una broma. Como las ovejas que no aparecían por ningún lado, Apolo gritaba y pataleaba[9] porque sabía que la desaparición[10] de las ovejas era cosa del travieso Hermes. Hasta que Zeus tuvo que poner orden y le dijo a Hermes que tenía que devolver a las ovejas. Como castigo por su travesura, Hermes tuvo que pedir perdón a Apolo, pero también compensarle[11] de alguna manera y por eso le entregó la lira que había inventado con un caparazón de tortuga.

---

7. cuerda *f.* （乐器的）弦
8. caparazón *m.* 甲壳
9. patalear *intr.* 跺脚
10. desaparición *f.* 消失，失踪
11. compensar *tr.* 补偿

他突然想到沿着龟壳的内侧放一些弦，当他触碰那些弦时，音乐就响了起来。就这样，赫尔墨斯发明了里拉琴，但他自己并没有意识到这一点。他拨动琴弦，优美的旋律将所有的动物、人甚至是神都吸引了过来。从那以后，他只要一开始拨动龟壳里的琴弦，周围就围满了闻声而来的人们。

然而，有一位名叫阿波罗的神，非常嫉妒赫尔墨斯。他想将这把琴据为己有，却又不知道怎么才能把琴从赫尔墨斯身边夺走。于是有一天，他利用赫尔墨斯的一次恶作剧，拿到了琴，并从此将乐神的称号也据为己有。

这件事发生在赫尔墨斯偷了阿波罗的羊群之后。好吧，他没有偷，只是把它们藏起来和他开个玩笑。由于羊群始终不知所踪，阿波罗气得一边大叫一边跺脚，因为他知道这一定是调皮狡猾的赫尔墨斯所为。最后宙斯不得不站出来主持公道，勒令赫尔墨斯归还羊群。并且，作为对他恶作剧的惩罚，赫尔墨斯必须得请求阿波罗的原谅，同时还要以某种方式补偿他。所以，赫尔墨斯就把自己用龟壳发明出来的里拉琴送给了阿波罗。

35. LA LEYENDA DE ECO

Hace mucho tiempo, las ninfas[1] habitaban los bosques y montañas. Eran jóvenes hermosas y alegres, a las que les encantaba reír, jugar y de vez en cuando, gastar alguna broma.

De entre todas ellas, destacaba[2] una por su hermosa voz: Eco. Ella tenía el don de utilizar las palabras más bellas. Así que no cesaba en utilizarlas todas. Además, era tan bromista, que incluso sus bromas llegaban a ser demasiado pesadas para el resto de ninfas.

En una ocasión, Eco distrajo[3] con sus hermosas palabras a un pastor para que sus ovejas se escaparan[4], y el pobre pastor, al comprobar[5] lo que había pasado, corrió tras los animales desesperado, mientras Eco reía sin parar.

Pero no eran las bromas de Eco lo que más molestaba a la diosa Hera, sino el interés que su marido, Zeus, sentía por ella. Él se quedaba embelesado[6] escuchándola y un día, se cansó y, muerta de celos, decidió castigar su osadía.

Hera retiró la voz a Eco, impidiéndola comenzar ninguna conversación. La ninfa solo podría repetir las últimas palabras de aquel que se dirigiera a ella. Así, la pobre Eco, avergonzada[7] y sin poder expresar sus pensamientos y sentimientos como antes, se refugió[8] en soledad en los bosques de las montañas.

---

1. ninfa *f.* 仙女
2. destacar *intr.* 突出，出众
3. distraer *tr.* 使分心，使注意力分散
4. escapar *intr.* 逃跑，逃走

35. 回声仙女艾蔻的传说

很久以前，仙女们居住在山林中。她们美丽又开朗，喜欢笑，喜欢玩，偶尔喜欢互相开开玩笑。

在她们之中，有一个叫艾蔻的仙女因其动人的声音而脱颖而出。她会使用最优美的语句，所以她更一刻不停地说着话。她还爱搞恶作剧，有时她的恶作剧让其他仙女们也难以忍受。

有一次，艾蔻用她的花言巧语分散了一个牧羊人的注意力，使他的羊群逃走了。可怜的牧羊人核实发生的事后，绝望地追赶着他的羊群，而艾蔻却在一旁不停地笑着。

但是，让天后赫拉最恼火的不是艾蔻的恶作剧，而是她的丈夫宙斯很喜欢艾蔻，时常陶醉地听着她说话。有一天，赫拉实在是嫉妒得受不了了，决定惩罚胆大妄为的艾蔻。

赫拉收走了艾蔻的声音，让她无法与人正常交谈，只能重复别人对她说的最后一句话。因此，可怜的艾蔻羞愧难当，却再也无法像以前那样表达自己的想法和感受，只能孤独地躲藏在山林中。

---

5. comprobar *tr.* 核实
6. embelesado, da *adj.* 陶醉的，着迷的
7. avergonzado, da *adj.* 羞愧的
8. refugiarse *prnl.* 躲避，躲藏

Pasado un tiempo, Eco se enamoró de un pastor, llamado Narciso. El joven era realmente hermoso, pero Eco no podía hablar, y le seguía escondida, en silencio, por miedo a ser descubierta.

Un día, Eco pisó una rama y Narciso la descubrió. Él habló con ella pero ella repitió sus últimas palabras sin poder decir lo que realmente quería. Finalmente, y con ayuda de animales del bosque, Eco pudo confesarle su amor a Narciso. Esperanzada, la pobre Eco sólo recibió de parte de Narciso una risa que le rompió el corazón y regresó a su cueva llorando. Allí permaneció sin moverse, repitiendo las últimas palabras de Narciso, y así se convirtió en parte de la cueva y dejando sólo su voz flotando en el aire.

一段时间后，艾蔻爱上了一个叫纳西索斯的牧羊人。这个年轻人容貌十分英俊，但艾蔻却说不了话，只能悄悄地跟着他，生怕被发现。

有一天，艾蔻踩到了一根树枝，纳西索斯发现了她，跟她讲话，她却只能不断地重复最后一个字，说不出她真正想要什么。最后，在森林动物们的帮助下，艾蔻得以向纳西索表达她的爱。可怜的艾蔻，满怀着希望，却只从纳西索斯那里得到了一个让她心碎的嘲笑。艾蔻哭着回到了她的洞穴，她站在那里一动不动，重复着纳西索斯说的最后一个字。最后她与山洞融为一体，只剩下她的声音在空中回荡。

36. LA LEYENDA DE NARCISO

Narciso era un joven de gran belleza. Al nacer, el adivino[1] predijo que ver su propia imagen en un espejo le causaría su perdición[2]. Por eso, su madre evitó siempre espejos y demás objetos en los que Narciso pudiera verse reflejado.

Así creció y era un joven extremadamente[3] bello, del cual todos se enamoraban[4] con tan solo verlo, pero Narciso siempre se negaba porque nadie era igual de hermoso como él.

Un día Narciso se encontraba caminando por el bosque, caminó y caminó durante horas, intentando encontrar algo igual de hermoso que él, pero no logró encontrar nada que se acercara a su belleza. Después de un tiempo se sintió cansado de tanto caminar y decidió acercarse al río a tomar un poco de agua. Al hacerlo observó su reflejo[5] en el agua, de inmediato quedó enamorado de su propio reflejo, miró y miró hasta que se arrojó[6] al agua para alcanzar su reflejo, pero al hacerlo se ahogó[7] en el río.

Los dioses al ver que Narciso había muerto, hicieron que una flor que llevaba su nombre: el Narciso, creciera sobre las aguas, reflejándose en ellas.

---

1. adivino, na *m.,f.* 占卜者
2. perdición *f.* 原意为“毁灭”，此处意译为“不幸”。
3. extremadamente *adv.* 非常，极其
4. enamorarse *prnl.* 爱上
5. reflejo *m.* 影子，映像
6. arrojarse *prnl.* 跳进
7. ahogarse *prnl.* 淹死

36. 水仙花纳西索斯的传说

纳西索斯是一个非常美丽的年轻人，在出生时，占卜师预言，在镜子中看到自己的形象会让他遭遇不幸。因此他的母亲总是不让纳西索斯看到镜子和其他可以看到自己倒影的物体。

他就这样长大了，成了一个非常漂亮的年轻人，每个人只要看到他就会爱上他。但纳西索斯总是拒绝，因为没有人像他一样漂亮。

有一天，纳西索斯穿过森林，走了几个小时，试图找到像他一样美丽的东西，但他找不到任何能与他相媲美的东西。他走了一会儿就走累了，决定去河边喝点水。刚来到河边，他就看见了水中自己的倒影，并立刻爱上了它。他看了又看，不惜跳进河中去拿自己的倒影，最终淹死在了河里。

众神看到纳西索斯死了，便让水上长出了一朵以他的名字命名的花：水仙花。它的倒影也映照在水面上。

37. LA FLAUTA[1] DE PAN

Pan, el dios griego de los bosques, pastos y rebaños[2], iba siempre de un lado a otro dando pequeños saltitos. Sus patas de cabra le impulsaban[3] con agilidad. En lo alto de la cabeza tenía unos pequeños cuernos[4]. Era muy alegre, y hasta travieso[5], y a pesar de su apariencia animal, adoraba a los humanos.

Pan era muy querido por los dioses, por su carácter alegre y divertido, a pesar de ser poco atractivo. Tenía muy buen humor, y esto atraía sobre todo a Dionisio, el dios del vino. Siempre estaban juntos. A Dionisio le encantaba reír y Pan le hacía mucha gracia.

Un día, Pan se enamoró de una ninfa que vio en el bosque. Se llamaba Siringa. La muchacha, al ver la horrible[6] figura de Pan, comenzó a correr muerta de miedo.

– ¡Socorroooo, que me persigue[7] un monstruo! – gritaba ella.

Siringa llegó hasta la orilla del río. Allí llamó a su padre, que resultó ser el rey de los ríos, Ladón.

– Padre, por favor, ayúdame… me persigue una bestia horrible- le dijo entonces.

---

1. flauta *f.* 笛子
2. rebaño *m.* 羊群
3. impulsar *tr.* 原意为“推动”，此处意译为“使移动”
4. cuerno *m.* 角
5. travieso, sa *adj.* 调皮的，淘气的
6. horrible *adj.* 恐怖的
7. perseguir *tr.* 追击，追踪

37. 牧神潘的笛子

潘是希腊的森林之神、牧场之神和牧羊之神，他总是到处跳动。他的羊蹄让他能灵活肆意地奔跑移动。他的头顶上长了一对小角。他很开朗，也很调皮，尽管长着动物的外表，但他很喜爱人类。

众神都非常喜欢潘，尽管他长得不好看，但他性格开朗而有趣。他很幽默，这一点尤其吸引了酒神狄奥尼西奥。他们总是待在一起。狄奥尼西奥很喜欢笑，而潘给他带来了很多欢乐。

有一天，潘爱上了他在森林里看到的一个仙女。她的名字叫西琳克斯。女孩看到潘的可怕外表后，吓得跑了起来。

“快救救我，有个怪物在追赶我。”她哭着说。

西琳克斯到了河岸，在那里呼喊他的父亲，河流之王，拉登。

“父亲，请帮帮我……我被一只可怕的野兽追赶。”她说。

Su padre la transformó en una ligera caña[8]. Y Pan, al llegar, se quedó observándola anonadado[9]. De pronto una suave brizna de viento pasó por ella y emitió[10] un dulce sonido, tan dulce como la voz de su enamorada, y se dio cuenta de que en realidad era ella. Así que tomó la caña y con ella creó una flauta.

Desde entonces, Pan no se separa nunca de ella, y la utiliza para alegrar[11] a todos con su adorable y dulce música.

---

8. caña *f.* 芦苇

9. anonadado, da *adj.* 惊呆的，惊愕的

10. emitir *tr.* 发出

11. alegrar *tr.* 使高兴，使快乐

她的父亲把她变成了一根轻盈的芦苇。而当潘到达时，他惊奇地盯着她。突然，一缕微风吹动她，发出像爱人一样甜美的声音，他意识到这就是她。于是他拿起芦苇做了一支笛子。

从那时起，潘就再也没有和它分开过，并用它可爱、甜美的音乐让每个人都能感受到快乐。

38. LA LEYENDA DE LA ESPADA[1] DE DAMOCLES

Dionisio I llegó al poder gracias a la conspiración[2]. Se caracterizó por ejercer un gran control sobre el pueblo, siendo implacable[3] con sus enemigos. También fue muy dado a los placeres de los sentidos. Bebida, comida y mujeres en exceso[4] eran su día a día. Dionisio I tuvo un gran poder, pero no fue feliz. Vivió cercado por el miedo a que sus enemigos le tendieran una trampa para matarlo. Se dice que dormía en una cama rodeada por un foso para no ser sorprendido. Solo confiaba en sus hijas para afeitarse la barba y recibir alimento.

Damocles era un miembro de la corte del rey Dionisio I. Difundía que era un hombre grandioso y exaltaba[5] su estilo de vida. Aseguraba que los excesos en la comida y la bebida eran naturales a la grandeza del gobernante.

Muchos pensaban que Damocles en realidad sentía envidia del tirano. Una vez se encontraron y el cortesano[6] llenó de halagos[7] al gobernante. Harto de tantos halagos, Dionisio le propuso que cambiaran de lugar por un día, para que experimentara en carne propia el peso del poder y del exceso.

---

1. espada *f.* 剑
2. conspiración *f.* 阴谋
3. implacable *adj.* 无情的
4. exceso *m.* 过度
5. exaltar *tr.* 赞扬，颂扬
6. cortesano *m.* 大臣
7. halago *m.* 恭维，讨好

38. 达摩克利斯之剑的传说

狄奥尼西奥一世通过阴谋上位。他对人民控制森严，对敌人残酷无情。他沉迷享受，整日与美女品着美酒佳肴，过着奢靡的生活。狄奥尼西奥一世虽然有很大的权力，但他并不快乐。他生活在恐惧之中，担心敌人会设下陷阱杀死他。据说他睡在一张被护城河环绕的床上，以免被抓。他只让他的女儿们为他刮胡子和送食物。

达摩克利斯是狄奥尼修斯一世的大臣。他散布消息说他是一个伟人，并颂扬他的生活方式。他声称，美酒佳肴对于一个伟大的统治者来说再正常不过了。

许多人认为达摩克利斯实际上是在嫉妒暴君。有一次他们见面，朝臣对统治者大加奉承。国王狄奥尼西奥厌倦了他们的阿谀奉承，提议和达摩克利斯交换一天的身份，这样他就能亲身体验到极大的权利。

Damocles aceptó encantado y al día siguiente estuvo muy temprano en la casa de gobierno para tomar el lugar del tirano. Se sentó en el trono y desde entonces fue servido por una multitud de criados que complacían hasta el más pequeño de sus caprichos[8].

De repente, Damocles miró hacia arriba y vio que justo sobre su cabeza había una espada afilada[9], la cual solo era sostenida por una crin de caballo. Era obvio que, si ese delgado hilo se rompía, también rodaría su cabeza. De repente, se le quitó no sólo el apetito[10], sino que los nervios lo obligaron a rechazar[11] el sueño de ser rey con sólo ver la espada amenazante. A partir de esa ocasión Damocles logró percibir su equivocación[12], convenciéndolo de que no debía jamás ansiar o anhelar[13] la riqueza, notoriedad[14] o la situación social y económica del rey.

---

8. capricho *m.* 任性
9. afilado, da *adj.* 锋利的
10. apetito *m.* 胃口，食欲
11. rechazar *tr.* 拒绝
12. equivocación *f.* 错误
13. anhelar *tr.* 渴望
14. notoriedad *f.* 出名

达摩克利斯欣然接受，第二天他一大早就来到宫殿，想取代暴君的位置。他坐在宝座上，一群仆人由他任意支配，为他服务。

突然，达摩克利斯抬起头来，看到在他的头顶上有一把用马的鬃毛挂着的锋利的剑。很显然，如果马鬃断了，他的头也会掉下来。顿时，他没了胃口，只要看到那把威胁他生命的剑，就紧张地让他放弃了当国王的想法。从那时起，达摩克利斯就意识到了自己的错误，说服自己永远不要渴望财富、出名或者国王的社会地位和经济状况。

39. EL AVARO[1] REY MIDAS CON OREJAS DE BURRO

Había una vez un rey muy avaro que vivía en la región de Frigia. Era el rey Midas, que tenía mucho dinero, muchas riquezas y estaba obsesionado[2] con el oro. Un día le hizo un favor a un dios y éste le concedió un deseo.

– Pídeme lo que quieras y te lo concederé – dijo el dios

– Deseo que todo lo que toque se convierta en oro – dijo entonces el rey Midas.

Deseo concedido. El rey Midas estaba loco de contento porque tocaba cualquier cosa e inmediatamente se convertía en oro. La pared de su palacio, las sillas, las lámparas, hasta las alfombras[3] se convertían en oro si las tocaba el rey Midas. Pero enseguida llegaron los problemas.

Fue a la hora de comer cuando el rey Midas se sentó en su mesa de oro, con su plato de oro y su tenedor de oro. En el momento en que fue a coger un trozo de pan, el pan se convirtió en oro y al morderlo[4] casi se le cae un diente. Lo mismo ocurrió con el agua, que al contacto con los labios de Midas el líquido se volvió oro.

---

1. avaro *adj.* 贪婪的
2. obsesionado, da *adj.* 着迷的，痴迷的
3. alfombra *f.* 地毯
4. morder *tr.* 咬

39. 贪婪的驴耳国王米达斯

很久以前，在弗里吉亚地区住着一位非常贪婪的国王。他叫米达斯，拥有着许许多多的金钱与财富，对黄金十分着迷。有一天，他帮助了一位神，神答应实现他的一个愿望。

神说："我会给予你任何你想要的东西。"

米达斯国王回答说："我希望我手指碰到的任何东西都能变成金子。"

神实现了他的愿望。米达斯国王喜出望外，因为不管他碰到什么，这个东西都会立即变成金子。于是乎，米达斯国王一碰到宫殿里的墙壁、椅子、灯，甚至地毯，它们都变成了金子。然而，问题很快就出现了。

那是在午餐时，米达斯国王手拿着他的金盘子和金叉子，坐在他的金桌旁。当他伸手去拿面包时，面包立马变成了金子，当他咬到面包的时候，差点磕掉了一颗牙齿。杯子里的水也是如此，一碰到米达斯的嘴唇，就变成了金子。

Casi se muere de hambre y de sed, así que el rey Midas le pidió al dios que se olvidara del deseo que había pedido. El dios estaba muy divertido viendo cómo Midas, que tanto adoraba el oro, había acabado por aborrecerlo[5]. Así que retiró su deseo y las cosas dejaron de convertirse en oro. Pero aquella avaricia[6] requería un castigo y de pronto al rey Midas le salieron unas orejas de burro.

– Mira que eres burro- le dijo el dios al rey Midas. Y se fue riéndose a carcajadas[7] dejando a Midas con sus orejas de burro.

El rey Midas estaba muerto de vergüenza[8] por sus orejas de burro y consiguió esconderlas bajo su corona de rey. Solo su peluquero sabía lo de las orejas de burro y tenía prohibido contárselo a nadie.

El peluquero no estaba muy seguro de poder guardar el secreto y tenía miedo de que algún día se le escapara sin querer. Así que se fue a la orilla de un río, cavó un hoyo muy hondo y susurró en el hoyo el secreto. Así el secreto quedaría enterrado. No contó con que la tierra nos devuelve todo lo que sembramos.

Y en el lugar del hoyo creció un enorme junco[9] que se doblaba cuando pasaba alguien y gritaba a los cuatro vientos[10]:

– ¡El rey Midas tiene orejas de burro!

Y así fue como todo el mundo en Frigia sabía que al avaro rey Midas le habían salido unas enormes orejas de burro.

---

5. aborrecer *tr*. 使厌烦
6. avaricia *f*. 贪婪
7. carcajada *f*. 哈哈大笑
8. vergüenza *f*. 羞愧
9. junco *m*. 芦苇
10. a los cuatro vientos *loc. adv*. 到处

米达斯国王几乎快要饿死了，因此他请求神忘记他所许下的愿望。神看着曾经那么痴迷于黄金的米达斯现在却如此地厌恶黄金，感到非常好笑。于是他收回了自己赐予米达斯的愿望，那些东西也不再变成金子了。但是米达斯国王因他的贪婪受到了惩罚，于是，他的脑袋上突然长出了一对驴耳朵。

“看呐，你现在是一头驴了”，神对米达斯这样说道。说罢，他就哈哈大笑着走了，只留下米达斯和他的驴耳朵在原地。

米达斯国王为他的驴耳朵感到羞耻，设法把它们藏在他的王冠下。只有国王的理发师知道这对驴耳朵的存在，并且禁止他向任何人泄密。

理发师不确定他是否能保守这个秘密，担心有一天自己会无意中说漏嘴。于是他走到河岸边，挖了一个深坑，对着洞口轻声说出了这个秘密。这样一来，这个秘密将被埋葬在这里。但是他没有想到的是，大地终会把我们播种的一切还给我们。

埋葬秘密的洞口长出了一根巨大的芦苇，每当有人经过时，芦苇就会弯腰大声叫道：

“米达斯国王长了一对驴耳朵！”

就这样，弗里吉亚的所有人都知道，贪婪的米达斯国王长出了一对巨大的驴耳朵。

40. PIGMALIÓN Y GALATEA

Un día Pigmalión se propuso hacer la más hermosa escultura[1], la mejor de sus obras, una mujer ideal, esculpida en marfil blanco. Se dedicó con esmero[2] a realizar esta obra y de este modo pasó días y noches encerrado en su taller dando forma a esta mujer. Esculpió cada uno de los rasgos y las formas con mucho detalle y cuidado. Cuando terminó su obra, el resultado fue una doncella[3] muy hermosa a la que vistió con las mejores ropas y adornó con bellas joyas. Todas las noches Pigmalión visitaba su obra, imaginaba como sería aquella mujer si viviese, si fuera de carne y hueso en lugar de marfil. Y así fue como Pigmalión se enamoró y se obsesionó[4] con aquella mujer; le puso de nombre Galatea.

La trataba con mucho amor y cariño, como si fuese un ser vivo, hablaba con ella todas las noches, la besaba y abrazaba, con mucha atención y mimos cuidaba de su bella Galatea.

Una noche mientras se celebraba una fiesta en honor de Afrodita, Pigmalión que como siempre se encontraba pensando en Galatea, se arrodilló[5] frente a la estatua de la diosa y le suplico de rodillas que diera vida a su obra. La diosa se apiadó[6] de él y dio vida a Galatea transformándola en una mujer de carne y hueso.

---

1. escultura *f.* 雕像
2. esmero *m.* 仔细，细心
3. doncella *f.* 少女
4. obsesionarse *prnl.* 着迷
5. arrodillarse *prnl.* 下跪
6. apiadarse *prnl.* 同情，怜悯

40. 皮格马利翁和加拉忒亚

有一天，皮格马利翁打算雕刻一个最美丽的雕像，这是他最好的作品，一个用白色象牙雕刻而成的完美的女人。他全身心地投入到这项工作中，就这样，他日日夜夜把自己关在工作室里塑造这个女人。他精心雕刻每一个部位和形状。当他完工后，他为这尊雕塑穿上了镶有珠宝的最美丽的衣服，让她成为了一个非常美丽的少女。每天晚上皮格马利翁都会参观他的作品，想象如果她活着，如果她是由血肉而不是象牙制成的，会是什么样子。皮格马利翁就是这样坠入爱河并迷恋上了那个女人，他给她取名为加拉忒亚。

他对她非常疼爱，仿佛她是一个活人，他每晚都和她说话，亲吻她，拥抱她，用心呵护，照顾着他美丽的加拉忒亚。

一天晚上，在纪念爱神阿芙洛狄忒的派对上，皮格马利翁和往常一样，一直思念着加拉忒亚，他跪在爱神雕像前，恳求她赋予那尊雕像生命。女神怜悯他，赐予加拉忒亚生命，将她变成了一个真正的女人。

Cuando Pigmalión regresó a su taller, triste pensando que su obra siempre sería una escultura de marfil, se acercó a hablar con ella y suavemente besó sus labios. Al hacerlo no notó el frío marfil, sino los cálidos labios de una mujer. Galatea en ese preciso momento cobró vida y se enamoró perdidamente de su creador, que con tanto cariño la había tratado y tantos mimos le había dado.

Pigmalión se casó con Galatea, que se convirtió en reina de Chipre y tuvieron varios hijos, reinaron felices y agradecieron siempre su amor a Afrodita.

皮格马利翁回到画室，为他的作品永远是一尊象牙雕塑而感到难过。他走近雕塑与她交谈，并轻轻吻了吻她的嘴唇。当碰到女人的嘴唇时，他注意到不是冰凉的象牙雕像，而是女人温暖的嘴唇。在那一刻，加拉忒亚活了过来，并疯狂地爱上了她的创造者。他对她非常的深情，给予她很多呵护。

皮格马利翁与加拉忒亚结婚了，并成为了塞浦路斯王后。他们生了好几个孩子，过得非常幸福，并且十分感激阿芙洛狄忒的美意。

41. EL MITO DE HERACLES

Heracles fue el hijo de Zeus y Alcmena. Pero su nacimiento no fue fruto de una relación amorosa, pues Zeus se hizo pasar por el marido de Alcmena, que se llamaba Anfitrión, y adoptó su forma aprovechando que se había ido a la guerra. De esta manera, llegó a tener un hijo con ella, Heracles. Eso traje duras consecuencias para el joven Heracles, pues la esposa de Zeus, Hera, al enterarse y enfurecida por este suceso se encargó de atormentar[1] la vida de Heracles desde niño.

Heracles era muy temperamental[2], lo cual le hacía perder el control de su inconmensurable[3] fuerza cada vez que se dejaba llevar por la ira. No obstante, esto no significaba que todo fuese malo. Ya que una vez calmado llegaba a comprender el peso de sus actos y aceptaba el castigo que merecía. Llegando a comprometerse a no usar su fuerza durante el tiempo que durase dicho castigo.

Nuestro héroe griego también tuvo hijos con Megara, sobre los cuales cayó un terrible suceso. Hera, la mujer de Zeus, al no poder derrotar[4] a Hércules debido a que era más fuerte que ella hizo que este perdiera la memoria por un lapso de tiempo. Heracles al estar confundido asesinó a sangre fría a su esposa y sus tres hijos y cuando recuperó la memoria este se llenó de tristeza y agonía. Para remediar sus actos, aceptó realizar 12 trabajos, encomendados después de visitar el Oráculo de Delfos como penitencia[5] por sus actos.

---

1. atormentar *tr.* 折磨

41. 赫拉克勒斯的传说

赫拉克勒斯是宙斯和阿尔克墨涅所生的儿子。但他的出生并不是两人爱情的结果，而是因为宙斯趁着阿尔克墨涅的丈夫安菲特律翁外出打仗，假扮成了那个男人的模样，以这种方式和阿尔克墨涅生了一个儿子，也就是我们这里所说的赫拉克勒斯。这样的出生背景给赫拉克勒斯带来了严重的后果，因为宙斯的妻子赫拉知道后，大发雷霆，从赫拉克勒斯小时候就开始想方设法折磨赫拉克勒斯。

赫拉克勒斯力大无穷，而脾气又很暴躁，每当愤怒冲昏头脑时，他就无法控制自己那本就不可估量的力气。然而，这并不代表他就是个彻头彻尾的坏蛋。一旦他平静下来，他就会明白自己行为的严重性，并主动接受自己应得的惩罚，甚至保证在受罚期间不使用他的力气。

这位希腊英雄还与墨伽拉生了三个孩子，但在他们身上发生了一件可怕的事。由于天王宙斯的妻子赫拉无法战胜比她强壮的赫拉克勒斯，便施法让赫拉克勒斯在一段时间内失去了记忆，思绪混乱的赫拉克勒斯无情地杀死了自己的妻子和三个孩子。当他恢复记忆时，悲伤和痛苦折磨着他。为了弥补罪过，他接受了德尔菲神庙里神谕的指示，去完成十二项任务，以作为对自己罪行的忏悔。

---

2. temperamental *adj.* 暴躁的，烈性的
3. inconmensurable *adj.* 巨大的，不可估量的
4. derrotar *tr.* 打败，战胜
5. penitencia *f.* 忏悔，悔罪

Las 12 tareas de Hércules fueron los siguientes:

1. Matar al León de Nemea

2. Matar a la Hidra[6] de Lerna

3. Capturar a la cierva[7] de Cerinea

4. Capturar al Jabalí[8] de Erimanto

5. Limpiar los establos[9] de Augías en un solo día

6. Matar a las aves del Estínfalo

7. Capturar al Toro de Creta

8. Robar las yeguas[10] del rey Diomedes

9. Recuperar la faja de Hipólita, Reina de las Amazonas

10. Robar el ganado del monstruo Gerión

11. Robar las manzanas del jardín de las Hespérides

12. Capturar y traer de vuelta a Cerbero, el Guardián del Inframundo

Finalmente, Hércules logró superar estas 12 difíciles tareas y se ganó su lugar como el mayor héroe de la historia griega, junto a Aquiles.

---

6. hidra *f.* 九头蛇
7. ciervo, va *f.* 鹿
8. jabalí *m.* 野猪
9. establo *m.* 猪圈
10. yegua *f.* 母牛

赫拉克勒斯的十二项任务是：

1. 杀死巨狮尼密阿

2. 杀死勒拿九头蛇海德拉

3. 生擒刻律涅亚山的牝鹿

4. 生擒厄律曼托斯野猪

5. 一天之内清扫干净奥革阿斯国王的牛圈

6. 驱赶斯廷法罗斯湖的怪鸟

7. 生擒克里特岛的公牛

8. 偷取狄俄墨得斯国王的母马

9. 找回亚马逊女王希波吕忒的腰带

10. 偷取巨人怪革律翁的牛

11. 偷取赫斯珀里得斯的花园里的三个金苹果

12. 抓住并带回冥王的看门狗刻耳柏洛斯

最终，赫拉克勒斯成功地克服了这十二项艰巨的任务，并因此与阿喀琉斯一起被誉为希腊历史上最伟大的英雄。

42. LA LEYENDA DE ÍCARO

Dédalo era un gran inventor en la época gloriosa[1] del imperio Griego. Había construido para el rey Minos un retorcido[2] laberinto[3] para encerrar en él al Minotauro[4]. Pero tanto él como su hijo estaban retenidos[5] por el rey en Creta. Ellos querían salir de allí y regresar a su patria, pero el rey Minos controlaba tierra y mar y no podían escapar.

Entonces, Dédalo observó el elegante vuelo de un águila y se le ocurrió una idea:

– ¡Ya lo tengo! – dijo entusiasmado[6] a su hijo – ¡Construiré unas alas y saldremos volando de esta isla!

Y así es cómo Dédalo comenzó a crear unas enormes alas, con plumas unidas con cera[7]. Les dio una curvatura[8] perfecta y al probárselas, comprobó eufórico[9] que podía volar como los pájaros.

Antes de ponerle las alas a su hijo, Dédalo le advirtió[10] muy serio:

– Ícaro, podrás volar como las aves. Solo tienes que mover los brazos de arriba a abajo, pero no olvides esto, porque es muy importante: no subas demasiado alto, porque el calor del sol derretirá[11] la cera y caerás al mar; y tampoco vueles demasiado bajo, porque la espuma del mar mojará las plumas y ya no podrás volar.

---

1. glorioso, sa *adj*. 辉煌的，光辉的
2. retorcido, da *adj*. 弯曲的
3. laberinto *m*. 迷宫

42. 伊卡洛斯的传说

代达罗斯是希腊帝国辉煌时代的一位伟大发明家。他曾为弥诺斯国王建造了一个弯弯曲曲的迷宫来囚禁牛头怪。但他和他的儿子都被国王关押在克里特岛。他们想离开那里，回到自己的故乡，但弥诺斯国王掌控着大地和海洋，因此他们无法逃脱。

当代达罗斯看到老鹰在优美地盘旋，突然想到了一个主意。

“我有办法了！”他兴奋地对他的儿子说，“我可以制作一些翅膀，这样我们就能飞出这个岛！”

于是代达罗斯用蜡把羽毛粘在一起，开始制作巨大的翅膀。他给羽毛设计了一个完美的弧度，当他试戴时，他欣喜地发现自己可以像鸟儿一样飞行。

在给儿子戴上翅膀之前，代达罗斯非常严肃地提醒他：“伊卡洛斯，你将能像鸟儿一样飞行。你只需上下挥动你的手臂，但有一点不要忘记，这一点非常重要：不要飞得太高，因为太阳的热量会把蜡融化，你会掉进海里；也不要飞得太低，因为海里的泡沫会打湿你的羽毛，你就无法再飞了。”

---

4. Minotauro *m*. 牛头怪
5. retener *tr*. 拘留，关押
6. entusiasmado, da *adj*. 兴奋的
7. cera *f*. 蜡
8. curvatura *f*. 曲度，弧度
9. eufórico, ca *adj*. 兴奋的，欣喜的
10. advertir *tr*. 提醒，劝告
11. derretir *tr*. 使融解，使融化

– Sí, padre – dijo entonces Ícaro – lo tendré en cuenta[12].

Dédalo colocó con cuidado las alas a su hijo y luego él hizo lo mismo con las de su padre. Ambos alzaron entonces el vuelo. Pero Ícaro se entusiasmó al comprobar que podía ascender[13] como los pájaros. Y de pronto comenzó a subir, a subir y a subir más y más, olvidando por completo la advertencia[14] de su padre. El sol empezó entonces a derretir la cera que unía las plumas de las alas e Ícaro cayó al mar.

Cuando Dédalo notó su ausencia[15], miró al mar y solo pudo ver las alas de su hijo flotando entre las olas. Cuando llegó a la isla de Sicilia[16], mandó construir un templo al Dios Apolo y depositó en él sus alas como tributo[17]. Al pedazo de tierra más cercano al lugar donde cayó su hijo, lo llamó en su honor[18] Icaria.

---

12. tener en cuenta *loc. verb.* 记住，重视
13. ascender *intr.* 翱翔，上升
14. advertencia *f.* 提醒，警告
15. ausencia *f.* 缺席，不在
16. Sicilia *f.* 西西里岛
17. tributo *m.* 贡品
18. en su honor, en honor de *adv.* 为纪念

“好的，父亲。”伊卡洛斯说，“我会记住的。”

代达罗斯小心翼翼地把翅膀戴在他儿子背上，然后他自己把翅膀放在他背上。就这样，他们都飞了起来。伊卡洛斯发现自己可以像鸟儿一样翱翔，感到非常兴奋。突然间，他开始向上飞，越飞越高，完全忘记了父亲的提醒。这时，太阳开始融化他翅膀上羽毛的蜡，伊卡洛斯便坠入大海。

当代达罗斯发现伊卡洛斯不在身边时，他向海面望去，只看到他儿子的翅膀在海浪中漂浮。当他到达西西里岛时，让人给阿波罗建了一座神庙，并把他儿子的翅膀放在那里作为贡品。为了纪念伊卡洛斯，他把离他儿子落海最近的那块土地命名为伊卡利亚。

43. EDIPO Y EL ACERTIJO[1] DE LA ESFINGE[2]

Hace mucho tiempo los habitantes de la ciudad de Tebas[3] estaban atemorizados[4] por una Esfinge que apareció un día de repente a la entrada de la ciudad. La Esfinge no era como esas famosas esfinges de Egipto, sino que era un ser monstruoso[5] con cabeza humana, cuerpo de león y unas alas enormes.

La Esfinge impedía la salida de los habitantes de la ciudad, pero también la entrada a Tebas ya que cualquiera que quisiera salir o entrar debía resolver el acertijo que proponía la Esfinge. Si no lo acertaba, la Esfinge agitaba sus enormes alas y lanzaba a la persona que se equivocaba lo más lejos posible con un gran golpe del que no se recuperaba[6] jamás.

Un buen día pasó por allí un joven muy inteligente llamada Edipo. Él quería entrar en la ciudad de Tebas pero, como todo el mundo, antes tenía que acertar la adivinanza[7] de la Esfinge.

– Buenas tardes, Edipo – le dijo la Esfinge – tienes que adivinar mi acertijo si quieres entrar en la ciudad.

– Adelante, ¿cuál es la adivinanza? – dijo Edipo con la seguridad que le proporcionaba su ingenio.

– Solo tiene una voz y anda con cuatro pies por la mañana, con dos pies al mediodía y con tres pies por la noche.

1. acertijo *m.* 谜语
2. Esfinge *m.* 斯芬克斯
3. Tebas 底比斯城
4. atemorizar *tr.* 使恐惧，吓住

43. 俄狄浦斯和斯芬克斯之谜

很久以前的一天，底比斯城的居民被突然出现在城门口的斯芬克斯吓坏了。斯芬克斯并不像那些著名的埃及狮身人面像，而是一个有着人类头颅、狮子身体和巨大翅膀的怪物。

斯芬克斯阻止城市居民进出底比斯，任何想离开或进入的人都必须解开她提出的谜题。如果他们没有答对，斯芬克斯就会用力扇动她巨大的翅膀，把答错的人扔到很远的地方去，让他们再也不能回来。

有一天，俄狄浦斯，一个非常聪明的年轻人想进入底比斯城，但和其他人一样，他首先要猜出斯芬克斯的谜语。

“晚上好，俄狄浦斯。”斯芬克斯说，“如果你想进城，就必须猜出我的谜语。”

“说吧，是什么谜语？”俄狄浦斯用坚定的语气问道。

“他只有一种声音，早上用四只脚走路，中午用两只脚，晚上用三只脚。”

---

5. monstruoso *m.* 怪物，巨兽
6. recuperarse *prnl.* 复原，恢复
7. adivinanza *f.* 谜语

Ese era el famoso acertijo de la Esfinge que nadie podía resolver. Edipo se lo pensó un rato, pero después de darle un par de vueltas[8] dio con la respuesta correcta.

– El ser humano – dijo Edipo. Porque cuando nace, gatea[9] y anda a cuatro patas, luego camina con dos pies y cuando se hace viejecito necesita un bastón[10] para andar.

La respuesta era correcta. La Esfinge se puso de muy mal humor porque ahora tenía que dejar pasar a Edipo y ella tendría que buscarse otro lugar para sus adivinanzas. Así que agitó sus alas y salió volando muy muy lejos de Tebas.

---

8. dar un par de vueltas 想了一会儿
9. gatear *intr.* 爬行
10. bastón *m.* 拐杖，手杖

这就是著名的斯芬克斯之谜，没有人能够解开。俄狄浦斯想了一会儿，然后想到了正确的答案。

“是人。”俄狄浦斯说，“因为当他出生的时候是用手和脚爬行的，长大后用两只脚行走，当他老了需要拐杖才能行走。”

答案是正确的。斯芬克斯的心情非常不好，因为现在她得让俄狄浦斯进入城里，而她得带着谜语去另一个地方。于是她拍打着翅膀，飞到离底比斯很远很远的地方。

44. LA VENGANZA DE FILOMELA

El rey Pandión de Atenas tenía dos hijas, Progne y Filomela. Cuando Atenas fue amenazada por los hombres salvajes[1], el rey Tereo de Tracia acudió en su ayuda. Por gratitud, el rey Pandión le prometió a Tereo que eligiera a una de sus hijas como esposa. Tereo eligió a Progne.

Los dos vivieron muchos años en Tracia[2] y tuvieron un hijo, que se llamaba Itis. Pero por la lejanía entre los dos reinos, Progne sintió nostalgia[3] de su pueblo natal y anheló ver a su querida hermana Filomela. A sus reiteradas peticiones, Tereo se fue en barco a Atenas a recoger a Filomela para que esta pudiera reunirse con su hermana mayor.

En el camino de vuelta, a Tereo se le encendieron la envidia y la malicia al ver a Filomela, que era tan joven y bella. La apresó y se la llevó a la fuerza. Le cortó la lengua[4] y la encarceló[5] en una cabaña[6] solitaria en el bosque. Después de todo eso, le mintió a Progne, diciéndole que su hermana ya había muerto.

Filomela pasó todo un año en prisión[7], durante el cual tejió su dolorosa experiencia en una túnica[8]. Luego hizo todo lo posible para enviar la túnica a su hermana. Tan pronto como recibió la tela, Progne fue al bosque y rescatar a su hermana.

---

1. salvaje *adj.* 野蛮的，粗野的
2. Tracia *f.* 色雷斯
3. nostalgia *f.* 思乡，怀念
4. lengua *f.* 舌头
5. encarcelar *tr.* 关押，监禁
6. cabaña *f.* 茅草屋

44. 菲勒墨拉的复仇

雅典国王潘狄翁有两个女儿，普洛克涅和菲勒墨拉。当雅典受到蛮人的威胁时，色雷斯的国王泰诺斯伸出了援助之手。出于感激，国王潘狄翁让泰诺斯从自己的女儿中任选一位当他妻子。泰诺斯选择了普洛克涅。泰诺斯和普洛克涅在色雷斯生活了许多年，并且生了一个儿子，名叫伊迪斯。由于远离故土，普洛克涅患了思乡病，她非常想见亲爱的妹妹菲勒墨拉。在她的一再要求下，泰诺斯乘船去雅典接菲勒墨拉来与她姐姐团聚。

在返回的途中，看到菲勒墨拉浑身散发出的青春和美丽，泰诺斯非常嫉妒，顿生歹意。他强行带走了菲勒墨拉，并割去了她的舌头，将她关在森林中一个偏僻的小茅屋里。在普洛克涅面前，他撒谎说菲勒墨拉已经死了。

菲勒墨拉被囚禁了整整一年。在囚禁期间，她将痛苦的经历编织成了一件长袍；然后，她想方设法让长袍落到她姐姐的手中。普洛克涅一收到那件长袍就来到了森林，将她妹妹救了出来。

7. prisión *f.* 监禁，囚禁
8. túnica *f.* 长衫，长袍

Al regresar al palacio, las dos hermanas, ansiosas[9] por vengarse[10], mataron y cocinaron al pequeño Itis y enviaron a su padre para servírselo al héroe traciano, es decir, Tereo, que, tras enterarse de lo todo persiguió con su espada a las dos hermanas hasta el bosque. Allí los dioses convirtieron a Progne en una golondrina[11] y a Filomela en un ruiseñor[12], siempre volando perseguidas por una abubilla[13], que no es otro que el cruel[14] marido con su espada manchada[15] de sangre.

---

9. ansioso, sa *adj*. 热切的，焦急的
10. vengarse *prnl*. 报仇，复仇
11. golondrina *f*. 麻雀
12. ruiseñor *m*. 夜莺
13. abubilla *f*. 戴胜鸟
14. cruel *adj*. 残忍的，凶残的
15. manchado, da *adj*. 有污痕的，有斑点的

回到宫殿后，姐妹俩急于复仇，杀死了小伊迪斯，做成饭菜，送给他父亲食用。国王泰诺斯得知事情真相后，提起剑来把姐妹两人赶到森林里。在林中，众神将普洛克涅变为一只麻雀，将菲勒墨拉变为一只夜莺，她们总是被一只戴胜追赶。而戴胜不是别人，正是那个拿着染血的剑的残忍丈夫。

45. EL REY IXIÓN

En Tesalia vivía una vez un rey llamado Ixión. Era guapo y poderoso. Fue a cortejar[1] a la hermosa Día y se ganó su amor, pero su viejo padre era muy reacio[2] a separarse de su hija. Sólo cuando Ixión juró que le dejaría su casa del tesoro real, el padre accedió a darle al rey la mano de Día en matrimonio.

Ixion se llevó a Día a casa. Pero no estaba de humor para cumplir su promesa, pues pasó mucho tiempo y ningún tesoro llegó a manos del viejo. Impaciente por tener su riqueza prometida, el viejo padre fue a ver a Ixión y no le dio paz, hasta que al final Ixión decidió deshacerse[3] de él de una vez por todas. Abriendo la puerta de su casa del tesoro, empujó al viejo y lo quemó hasta la muerte.

Zeus estaba furioso por el terrible hecho. El asustado Ixión subió al cielo y pidió al padre de los dioses y los hombres que le perdonara su deshonestidad. Sus oraciones fueron concedidas[4], y se quedó felizmente durante un tiempo en el glorioso hogar de los dioses. Allí sus ojos lascivos[5] se posaron en Hera, cuya belleza radiante[6] fascinó su corazón. Olvidando a Día en casa, planeó que Hera se fugara con él. Viendo todo esto, Zeus envió una nube en forma de Hera a Ixión, El rey impío se enamoró inmediatamente con esta nube y la convirtió en la madre de los centauros[7].

1. cortejar *tr.* 求爱，追求
2. reacio, cia *adj.* 不情愿的，不赞成的
3. deshacerse *prnl.* 摆脱，除掉
4. conceder *tr.* 同意，准许

45. 国王伊克西翁

从前在色萨利有个英俊又强大的国王，名叫伊克西翁。他追求一位叫做蒂娅的美丽姑娘，并成功赢得了她的芳心。但是蒂娅的父亲却非常不情愿离开自己的孩子，最后当伊克西翁承诺把王国的金库交给他时，这位父亲才答应把女儿嫁给国王。

伊克西翁把蒂娅带回了家，但他却丝毫没有履行诺言的意思。过了很长时间，老人都没有得到半分钱。于是，迫切地想要得到钱的老父亲决定去找伊克西翁。找到国王伊克西翁之后，他絮絮叨叨搅得他不得安宁。终于，伊克西翁索性决定除掉这老头子。他打开了金库，一把将老人推了进去，然后将他活活烧死。

得知此事的天王宙斯勃然大怒。惊恐万分的伊克西翁跑到天堂，苦苦哀求这位掌管众神和人类的首领饶恕他的不诚实。他的恳求得到了准许，于是他兴高采烈地在那辉煌璀璨的神殿里呆了一会儿。然而，他那双好色的眼睛又盯上了天后赫拉，赫拉那光彩夺目的美丽使他神魂颠倒。他忘记了家里的蒂娅，一心盘算着要让赫位与他一同私奔。看到眼前的情况，宙斯把一朵赫拉模样的云送到了伊克西翁跟前。这位不敬的国王和这朵云坠入了爱河，并让她生下了一个半人半马的怪物。

---

5. lascivo, va *adj.* 好色的
6. radiante *adj.* 光彩夺目的
7. centauro *m.* 半人半马怪

El enfurecido Zeus arrojó a Ixión al Hades y lo hizo atar a una rueda de fuego, que, girando siempre, rompió y desgarró[8] su cuerpo en sus ininterrumpidas[9] y rápidas revoluciones.

8. desgarrar *tr*. 撕扯，撕破

9. ininterrumpido, da *adj*. 不停的，不断的

怒不可遏的宙斯把伊克西翁打下了地狱，交给冥王哈迪斯，并将他绑在一个旋转的火轮上，急速旋转的火轮不停地折磨、撕扯着他的身体。

46. JASÓN Y LOS ARGONAUTAS[1] EN BUSCA DEL VELLOCINO[2] DE ORO

Firxo y Hele eran dos niños que tenían una madrastra[3] muy, muy mala que les hacía la vida imposible. Los dioses griegos sintieron pena por la situación de los niños y enviaron un cordero[4] mágico con alas y todo recubierto de oro. Los niños se subieron al cordero y volaron muy, muy lejos, hasta una tierra llamada Cólquide[5] y se quedaron a vivir allí.

Fue muchos años más tarde cuando al héroe griego Jasón le encargaron buscar la piel de ese cordero, lo que llaman el vellocino de oro, ya que tenía propiedades mágicas y mucha gente quería tenerlo. Así que Jasón, que era un héroe valiente y le encantaban las aventuras, empezó a llamar a todos sus amigos y juntos construyeron un barco, la nave Argos[6].

El barco zarpó con la ilusión de todos los tripulantes[7] a los que desde entonces se les llamó Argonautas. Todos querían encontrar el vellocino de oro. Cuando llegaron a la Cólquide Jasón se puso a buscar el vellocino de oro como un loco, pero no lo encontraba por ninguna parte. Menos mal que conoció a Medea, una hechicera[8] de la zona que se enamoró de él y le ayudó en todo.

1. argonautas *m.,f.* 阿耳戈人
2. vellocino *m.* 羊毛
3. madrastra *f.* 继母
4. cordero *m.* 羊羔
5. Cólquide *m.* 科尔基斯
6. Argos *m.* 阿耳戈号

46. 寻找金羊毛的杰森和阿耳戈人

菲儿索和希尔两个孩子有一个非常恶毒的继母，过着悲惨的生活。希腊诸神为孩子们的状况感到痛心，便把一只长着翅膀、浑身是金子的神奇羊羔送到他们身边。孩子们坐在羊背上，飞到一个叫科尔基斯的遥远的地方并留在那里生活。

许多年后，希腊英雄杰森受命寻找这只羊的羊皮，也就是人们所说的金羊毛。金羊毛具有神奇的魔法，许多人都想拥有它。杰森是个勇敢的英雄，喜欢冒险，于是召集他所有的朋友，一起建造了一艘船，即阿耳戈号。

这艘船带着所有船员寻找金羊毛的梦想起航了，从此时开始，他们被称为了阿耳戈人。当他们到达科尔基斯时，杰森开始疯狂地寻找金羊毛，但他到处都找不到。幸运的是他遇到了美狄亚，一个当地的女巫。美狄亚爱上了他，并在各方面帮助他。

7. tripulante *m.* 船员

8. hechicero, ra *m.,f.* 巫师，女巫

– El vellocino de oro lo tiene escondido un dragón, te llevaré hasta él – le dijo Medea a Jasón.

– Vamos a buscarle y después mataré al dragón – dijo Jasón con valentía.

Así se fueron juntos y con la ayuda de un hechizo de la maga Medea, Jasón consiguió matar al dragón y encontrar bajo su tripa[9] lo que estaba buscando, la piel mágica del cordero, el vellocino de oro. Pero no iba a ser tan fácil salir de la Cólquide. Cuando Jasón mató al dragón, de un golpe le sacó todos los dientes y mientras el héroe buscaba el vellocino de oro debajo del cuerpo del dragón, no se dio cuenta de que todos los dientes se estaban convirtiendo en soldados.

Jasón, por muy héroe que fuera, no podía enfrentarse solo todos esos soldados que surgían de los dientes del dragón, así que nuevamente tuvo que pedir ayuda a Medea. Como buena maga, Medea lanzó un hechizo a los soldados para confundirlos y que empezaran a pelear entre ellos. Ese momento de confusión lo aprovecharon Jasón y Medea para salir corriendo con el vellocino de oro bajo el brazo y llegar hasta la nave Argos.

Allí en la playa les esperaban los tripulantes de la nave, los Argonautas que empezaron a dar saltos de alegría cuando los vieron llegar con el vellocino de oro. Zarparon rápidamente para evitar más problemas en la Cólquide y pusieron rumbo a casa.

---

9. tripa *f.* 肚子，腹部

美狄亚对杰森说：“金羊毛被一条龙藏起来了，我会带你找到他的”。

“我们去找他，然后我就杀了那条龙。”杰森勇敢地说道。

在女巫美狄亚咒语的帮助下，杰森成功地杀死了龙，并在龙腹下找到了他要找的东西——神奇的羔羊皮，即金羊毛。但要离开科尔基斯并不那么容易，因为杰森杀死龙的时候，一拳打掉了龙所有的牙齿，但当他在龙的身体下面寻找金羊毛的时候，没有意识到所有的牙齿都变成了士兵。

尽管杰森很英勇，但他无法独自面对那些从龙牙中出现的士兵，所以他不得不再次向美狄亚求助。美狄亚法术高超，她用对咒语来迷惑了士兵们，让他们开始互相打斗。杰森和美狄亚则趁乱将金羊毛夹在腋下逃回了阿尔戈号。

在海滩上等待他们的阿耳戈人，看到杰森带着金羊毛回来时，都高兴得欢呼雀跃。为了避免在科尔基斯遇到更多的麻烦，他们迅速起航，踏上了回家的旅程。

47. LA MANZANA DE LA DISCORDIA[1]

En la inmensa y regia morada[2] del Olimpo, el gran festín[3] llegaba a su término. La fiesta se celebraba en honor de[4] la diosa Tetis, casada con Peleo, de cuyo matrimonio nació luego Aquiles.

Zeus se hallaba en el centro del gran convite[5], rodeado por los hermanos Hades y Poseidón; las hermanas Hera, Hestia y Demetria; los hijos de Hera: Ares y Héfaistos; Apolo y Artemis, hijos de Latona; Atenea, Hermes, Afrodita, Dionisio y numerosos sátiros y ninfas, que danzaban y cantaban para deleite[6] de todos los presentes.

Estos dioses, como los mortales, tenían necesidad de alimento y de sueño. Su alimento era exclusivamente la ambrosia[7] y su bebida el néctar. Pero poseían también todas las pasiones[8] de los hombres: el amor y el odio, la ira y la envidia; eran a veces crueles y a veces magnánimos[9].

De repente en el salón se hizo el silencio. Todas las miradas se fijaron en[10] una figura[11] que había aparecido en el umbral[12]: Eris, la única diosa que no había sido invitada. Y ahora se hallaba en medio de los convidados.

1. discordia *f.* 不和
2. morada *f.* 住宅，居所
3. festín *m.* 盛宴
4. en honor de 为庆祝，为纪念，为招待
5. convite *m.* 宴会
6. deleitar *tr.* 使愉快，使开心
7. ambrosia *f.* 神仙的食物
8. pasión *f.* 强烈的情感

47. 不和的金苹果

在奥林匹斯山巨大而富丽堂皇的居所里，盛宴即将结束。这场盛宴是为了庆祝珀琉斯和女神特提斯的婚礼，他们结婚后生下了阿喀琉斯。

宙斯在这场盛宴的中心，被哈迪斯和波塞冬兄弟，赫拉、赫斯提亚和德米特里亚姐妹，赫拉的儿子们：阿瑞斯和赫菲斯托斯，拉托纳的儿子阿波罗和阿尔忒弥斯，雅典娜、赫尔墨斯、阿芙罗狄蒂、狄俄尼索斯和无数的林中之神以及仙女们簇拥着。他们跳舞唱歌，让在场所有的人都感到无比快乐。

这些神像凡人一样，需要食物和睡眠。美味佳肴是他们的食物，蜜汁甘露是他们的饮品。但他们也拥有人类所有强烈的情感：爱与恨，愤怒与嫉妒；他们时而残忍，时而仁慈。

突然房间里静了下来。所有人的目光都看向了那个出现在门口的身影：厄里斯，唯一没有被邀请的女神。而现在她就在宾客中间。

9. magnánimo, ma *adj.* 仁慈的，宽宏大量的

10. fijarse en 注视

11. figura *f.*（人或动物的）身影

12. umbral *m.* 门槛

Cuando estuvo cerca del triclinio[13] donde se hallaban sentados los dioses mayores, la maléfica[14] diosa extrajo de entre los pliegues[15] de su túnica[16] una manzana de oro y la arrojó sobre la mesa, exclamando:[17]

– He aquí mi regalo. Es para la más bella de las diosas – Dicho esto, la diosa de la discordia se retiró.

Después de un instante de sorpresa, las tres diosas que se hallaban sentadas alrededor de la mesa: Palas Atenea, Hera y Afrodita, alargaron la mano hacia la reluciente[18] manzana; pero se detuvieron[19] sorprendidas y se miraron unas a otras.

Zeus, el señor de los dioses, que observaba la escena, sonrió, e interviniendo[20] dijo:

– El único medio para conocer cuál de vosotras es la más bella, y establecer, por consiguiente, a quién corresponde[21] la manzana de la discordia, es recurrir a[22] un arbitraje[23]. Escoged entre los mortales un juez de vuestro agrado y acatad[24] su decisión.

Como siempre, Zeus había sentenciado[25] sabiamente. Después de reflexionar, las tres rivales decidieron confiar la suerte al más hermoso de los mortales, al joven vástago[26] de Príamo, el príncipe Paris Alejandro, que vivía desde su nacimiento, entre los pastores del monte Ida. Un oráculo[27] había pronosticado[28] que sería la ruina de Troya, por lo que su madre lo ocultó en la montaña, desobedeciendo[29] las órdenes del esposo, quien, en vista de[30] tan funesto[31] agüero[32], había decidido eliminar al hijo.

---

13. triclinio *m.*（古希腊和古罗马的）就餐躺椅
14. maléfico, ca *adj.* 有害的，用妖术害人的
15. pliegue *m.* 褶皱
16. túnica *f.* 肥大的长衫
17. exclamar *tr.* 喊，叫

不和女神厄里斯走到众神宴饮的躺椅旁，从满是褶皱的衣服中取出一个金苹果，扔在了桌子上，说道：

“这是我的礼物，只有最美丽的女神才能得到她。”说完，不和女神就离开了。

片刻的惊讶后，坐在桌边的三位女神：帕拉斯·雅典娜、赫拉和阿芙罗狄蒂，同时向着闪闪发光的苹果伸出了手；但当她们看到彼此的动作时，都惊讶地停下了，互相看着对方。

正在观察这一幕的众神之主宙斯微笑着插嘴说道：

“要想知道谁是你们当中最美丽的人，确定不和女神的金苹果属于谁，唯一的办法就是进行一场裁决。你们自行在凡人中挑选一位你们喜欢的法官，然后服从他的决定吧。”

与往常一样，宙斯做出了明智的判决。三人经过深思熟虑后，决定将自己的命运交给最英俊的凡人——特洛伊王普里阿摩斯的儿子帕里斯·亚历山大王子。他从出生就生活在伊达山的牧羊人中间，因为一则神谕预言这位王子将给特洛伊城带来灭顶之灾。鉴于这样的凶兆，他的父亲决定将儿子除掉，而他的母亲不顾丈夫的命令将他藏在山里。（续待未完）

---

18. reluciente *adj*. 闪闪发光的
19. detenerse *prnl*. 停住
20. intervenir *intr*. 插话
21. corresponder *intr*. 属于
22. recurrir a 求助，依靠
23. arbitraje *m*. 裁决
24. acatar *tr*. 服从，遵守
25. sentenciar *tr*. 判决
26. vástago *m*. 后代，子嗣
27. oráculo *m*. 神谕
28. pronosticar *tr*. 预言
29. desobedecer *tr*. 不服从，违背
30. en vista de 鉴于，由于
31. funesto, ta *adj*. 不吉利的，不祥的
32. agüero *m*. 征兆

48. EL RAPTO[1] DE HELENA POR PARIS

Una mañana, mientras cuidaba su rebaño[2] en un valle solitario, Paris vio aparecer ante sí tres maravillosas doncellas. Entregándole la manzana, le explicaron lo que esperaban de él y, secretamente, cada una le hizo una promesa.

Palas[3] le prometió la sabiduría; Hera, el poder; Afrodita, la pequeña diosa nacida de la espuma del mar, le prometió la más linda mujer del mundo. Paris titubeó[4] un instante, y por fin entregó la manzana a Afrodita, quien la tomó con alegría, mientras las otras se alejaban furiosas.

Instruido[5] por Afrodita, Paris descendió[6] hacia los valles y salió a buscar a la mujer más bonita del mundo y llegó a Esparta y tocó en la puerta del palacio de Menelao, que era el rey de allá, y esposo de Helena. Helena era hija de Zeus con Leda y melliza[7] de Pólux, precisamente la mujer más bonita del mundo.

En Esparta recibieron muy bien a Paris.

En cierta ocasión salió Menelao de urgencia para una guerra. Helena y Paris se enamoraron, y se escaparon para Troya. Cuando volvió Menelao de su guerra se enteró de[8] lo que había pasado. Llamó a los otros jefes griegos, compañeros de él a que fueran a Troya a recobrar[9] a Helena y a castigar a Paris.

Así empezó la famosa historia de la Guerra de Troya.

---

1. rapto *m.* 劫掠，偷盗
2. rebaño *m.*（动物，特别是羊的）群
3. Palas 此处指 Palas Atenea，即帕拉斯·雅典娜
4. titubear *intr.* 犹豫不决

48. 帕里斯劫走海伦娜

一天早上，帕里斯在一个孤零零的山谷里放牧羊群，看到三位漂亮的少女出现在他面前。她们把一个金苹果递给他，并向他解释了其中的缘由，每个人还悄悄地给了他一个承诺。

帕拉斯向他许诺智慧，赫拉承诺赋予他力量，从大海的泡沫中诞生的女神阿芙洛狄忒许诺给他世界上最美丽的女人。帕里斯犹豫了片刻，最后将苹果递给了阿芙洛狄忒，阿芙洛狄忒欣喜若狂地接过，其他人则气急败坏地走开了。

帕里斯在阿佛洛狄忒的指引下，下山寻找世上最美的女人。他抵达了斯巴达，敲响了墨涅拉俄斯王宫的大门。墨涅拉俄斯是斯巴达的国王，海伦娜的丈夫。海伦娜是宙斯与勒达的女儿，是波吕克斯的双胞胎妹妹，世界上最美丽的女人。

帕里斯在斯巴达受到了热情款待。

有一次，墨涅拉俄斯突然外出打仗。海伦娜和帕里斯坠入爱河，逃往特洛伊。当墨涅拉俄斯从战争中回来得知此事时，便召集其他希腊首领，同他一起前往特洛伊找回海伦娜并惩罚帕里斯。

于是著名的特洛伊战争开始了。

---

5. instruido, da *p.p.* de instruir *tr.* 指引
6. descender *intr.* 下来
7. mellizo, za *adj.* 孪生的（也用作名词）
8. enterarse de 得知，获悉
9. recobrar *tr.* 重新获得，失而复得

49. ESPARTA ATACA A TROYA

El ultraje[1] que el príncipe troyano había inferido[2] al honor de los aqueos[3] reunió en seguida en el palacio de Menelao a todos los grandes guerreros de Grecia, ávidos[4] de venganza. Decidieron reunir una armada y marcharon contra Troya para arrancar[5] a Paris el tesoro mal adquirido.

Estaban todos: el viejo Néstor; Agamenón, elegido jefe de la expedición[6]; Menelao; el Áyax Telamón, rey de Salamina; Odiseo, rey de Ítaca; Aquiles. La armada contaba con 120.000 hombres y 1.186 naves.

A solicitud de los dos soberanos ofendidos – ya que Menelao era hermano de Agamenón, rey de Micenas, y el más poderoso de los reyés de Grecia –, se reunieron todos los jefes de las ciudades, todos los pueblos del centro, del sur y de las islas, a las órdenes de los más valientes generales[7], y fue dispuesta la movilización general, preparándose para la guerra.

Estaban presentes además Idomeneo, hijo de Deucalión, llegado de Creta con ochenta naves; el grande e impetuoso[8] Diómedes, de Argos, y, también, Patroclo, amigo de Aquiles.

Todos estaban animados por un justificado[9] ardor[10] guerrero contra las gentes de Troya, y habían decidido vengar la grave ofensa infligida[11] a Menelao y a toda Grecia.

---

1. ultraje *m*. 侮辱，伤害
2. inferir *tr*. 造成
3. aqueo *m*.（古希腊的）亚该亚人
4. ávido, da *adj*. 渴望……的

49. 斯巴达向特洛伊城发动进攻

特洛伊王子使亚该亚人的颜面尽失，屈辱立即将希腊所有伟大的、渴望复仇的战士聚集在墨涅拉俄斯的宫殿中。他们决定组建一支军队向特洛伊进军，夺取帕里斯的不义之财。

所有人都到齐了：老内斯特、远征队队长阿伽门农、墨涅拉俄斯、萨拉米斯国王埃阿斯·忒拉蒙、伊萨卡国王奥德修斯以及阿喀琉斯。共有 120,000 名海军士兵和 1,186 艘战船。

应两个被冒犯的君主的要求——因为迈锡尼的国王阿伽门农是墨涅拉俄斯的哥哥，他也是希腊最强大的国王——南方和各个岛屿上各个城镇的首领，在最勇敢的将领的指挥下整装待发，准备开战。

出战的还有丢卡利翁的儿子伊多墨纽斯，他率领着八十艘船从克里特岛而来，来自阿尔戈斯的高大勇猛的狄俄墨得斯，以及阿喀琉斯的朋友帕特洛克罗斯。

他们热情高涨，准备对抗特洛伊人，决心为墨涅拉俄斯以及整个希腊所遭受的侮辱报仇。

---

5. arrancar *tr.* 夺取，抢夺
6. expedición *f.* 远征队
7. general *m.* 将领 *adj.* 全面的，总的
8. impetuoso, sa *adj.* 勇猛的，勇敢的
9. justificado, da *adj.* 合乎情理的，有理由的
10. ardor *m.* 热情
11. infligida *p.p.* de infligir *tr.* 给予，使受到

50. EL PROLONGADO SITIO[1] DE TROYA

Después de algunos días, en una mañana resplandeciente[2] de sol, la alarma[3] corrió por las calles y las plazas de Troya.

La gente se volcó[4] sobre las altas murallas de la ciudad y vio el horizonte[5] cubrirse de velas[6]: una flota poderosa se acercaba.

Se reunieron los jefes, salieron por las puertas los soldados y se dio la orden de combate en la playa, bajo el mando de Héctor, el mayor de los hijos de Príamo.

Las naves aqueas, ya muy cerca, enrollaban[7] las velas y parecían vacilar[8]. Una vez más, Calcas[9] había pronunciado una triste predicción: el primero que pisara[10] tierra firme sería muerto.

Ya los troyanos esgrimían[11] sus armas animándose unos a otros, cuando se vio saltar al agua a un joven guerrero.

En medio del silencio general, Protesilao, príncipe de Tesalia, se levantó y corrió hacia la playa, alcanzando tierra firme justamente delante del carruaje de Héctor. La espada del héroe troyano silbó[12] fulmínea[13], y el joven príncipe cayó en la arena dorada, regándola[14] con la primera sangre aquea.

---

1. sitio *m*. 围困
2. resplandeciente *adj*. 明亮的，闪闪发光的
3. alarma *f*. 警报
4. volcarse *prnl*. 翻转
5. horizonte *m*. 地平线
6. vela *f*. 帆
7. enrollar *tr*. 卷

50. 漫长的围困

几天后，在一个阳光明媚的早晨，警报响彻特洛伊大街小巷和各个广场。

众人翻到城墙上，看见远处的地平线上覆盖着一座座风帆：一支强大的舰队正在逼近。

众将士穿过城门来到海边，聚集在一起，由特洛伊王普里阿摩斯的长子赫克托下达了战斗的号令。

已经非常近的亚该亚舰队卷起了他们的船帆，看起来似乎有些犹豫。这是因为卡尔卡斯曾说出了一个悲伤的预言：第一个踏上陆地的人将被杀死。

特洛伊人已经挥舞着他们的武器，互相鼓舞着。突然，他们看到一名年轻的战士跳入水中。

一片寂静中，色萨利的王子帕洛特西拉俄斯从水中起身向海滩跑去，正好停在了赫克托战车前。特洛伊英雄的剑呼啸而过，年轻的王子倒在了金色的沙滩上，第一个亚该亚人的鲜血就这样洒在了这片土地上。

---

8. vacilar *intr.* 犹豫，拿不定主意
9. Calcas 卡尔卡斯，希腊神话中的著名预言家
10. pisar *tr.* 踏，踩
11. esgrimir *tr.* 挥舞（刀剑等）；利用，运用
12. silbar *intr.* 嗞嗞作响，呼啸
13. fulmíneo, a *adj.* 闪电般的
14. regar *tr.* 浇，灌溉

Pero ya, con intenso fragor[15] de armas y de gritos, todo el ejército griego se lanzaba contra los defensores que, batiéndose en retirada[16], se refugiaron[17] tras el seguro baluarte[18] de las murallas.

Así se inició el prolongado sitio de Troya. Ya durante un anterior sacrificio a Apolo, de debajo de la ara[19] salió una serpiente que subió a un plátano cercano para devorar un nido de nueve pájaros, y luego fue transformada en piedra. El adivino Calcas interpretó[20] el acontecimiento[21] en el sentido de que la guerra de Troya duraría diez años, como en efecto[22] sucedió.

---

15. fragor *m.* 巨响，声响
16. batirse en retirada *loc.verb.* 撤退，后退
17. refugiarse *prnl.* 躲避
18. baluarte *m.* 碉堡，堡垒
19. ara *f.* 祭坛
20. interpretar *tr.* 解释
21. acontecimiento *m.* 重大事件
22. en efecto 确实，果真

但是，在激烈的武器声和呐喊声中，整个希腊军队已经向特洛伊城的捍卫者们发起了进攻，而后者一边撤退一边回击，直到躲在了城墙的安全堡垒之后。

就这样开始了对特洛伊城漫长的围困。在上一次向阿波罗祭祀的时候，从祭坛底下钻出来一条蛇，这条蛇爬上附近的一棵梧桐树，吞噬了巢穴中的九只鸟，后来就变成了石头。先知卡尔卡斯解释说，这意味着特洛伊战争将持续十年。事实也正是如此。

51. EL PROBLEMA DE AQUILES CON SU TALÓN

Aquiles fue uno de los héroes griegos más famosos. Participó en la guerra de Troya junto con Odiseo y con muchos otros guerreros dispuestos a rescatar a la bella Helena y todos los troyanos huían aterrorizados[1] en cuanto veían aparecer a Aquiles por el campo de batalla. Y es que él era, con mucho, el guerrero más fuerte, feroz[2] y valiente de todos los griegos.

La enorme fuerza de Aquiles provenía de su madre, Tetis, una ninfa del mar que era inmortal. Todos tenían miedo de Aquiles, pero era porque no conocían el secreto de su debilidad[3]. Aquiles tenía un secreto desde el día de su nacimiento y lo mantenía muy oculto porque podía costarle[4] la vida.

Cuando Aquiles nació su madre Tetis estaba preocupada por el bebé. Tetis era un ser inmortal, pero el papá de Aquiles, Peleo, no lo era. Así que el niño no estaba totalmente protegido. Como Tetis quería que su niño fuera invulnerable[5], nunca se hiciera ninguna herida y nunca pudiera morir, cogió al niño y lo bañó en las aguas de un lago que daba la inmortalidad.

1. aterrorizado *p.p.* de aterrorizar *tr.* 使恐惧，使害怕
2. feroz *adj.* 凶猛的
3. debilidad *f.* 弱点
4. costar *tr.* 耗费，使以……为代价
5. invulnerable *adj.* 不会受伤的，刀枪不入的

51. 阿喀琉斯之踵

阿喀琉斯是最著名的希腊英雄之一，他与奥德修斯以及其他战士们一起参加了特洛伊战争，为了营救世界上最漂亮的女人海伦娜。当看到阿喀琉斯出现在战场上时，所有的特洛伊人都害怕地逃走了，因为他是所有希腊人中最强壮、最凶猛、最勇敢的战士。

阿喀琉斯的力量来自于他的母亲忒提斯，她是一个有着不死之身的海洋仙女。每个人都害怕阿喀琉斯，但那是因为他们不知道关于阿喀琉斯弱点的秘密。阿喀琉斯从出生那天起就有一个秘密，他把这个秘密隐藏得很好，因为这个秘密一旦泄露，可能会害他丢掉生命。

阿喀琉斯出生时，他的母亲忒提斯很担心他。虽然忒提斯自己是不死之身，但阿喀琉斯的父亲佩琉斯却不是，所以他们的孩子也没有不死之身的保障。忒提斯希望她的孩子刀枪不入，永远不受伤害，永远不会死，所以她抱着他，将他浸泡在能让人长生不老的湖水中。

¿Estaba ya protegido Aquiles? De ninguna manera, porque Tetis tenía que agarrar[6] al bebé por alguna parte de su cuerpo para que no se ahogara[7] mientras lo sumergía[8] en las aguas inmortales. Y fue precisamente por el talón por donde estaba sujetando[9] al niño. Así que esa parte del cuerpo de Aquiles era la única por donde le podían hacer daño.

Este secreto solo lo sabían Aquiles y su madre Tetis, por lo que el héroe griego era capaz de correr cualquier riesgo sabiendo que no tenía peligro de hacerse daño ni de morir. Hasta que un día Aquiles desveló[10] el secreto a uno de sus amigos, su amigo se lo dijo a otro amigo, el amigo del amigo a otro y así corrió la voz de que Aquiles en realidad no era invencible.

Y fue un gran error contar ese secreto tan importante, porque al final los troyanos se enteraron de cómo podían acabar con[11] el temible Aquiles y utilizaron la información que tenían. En un combate, un troyano lanzó una flecha[12] con mucha puntería[13], tanta puntería que acertó[14] en el talón y Aquiles murió. No le quedó más remedio que subir al Olimpo con los dioses para ver cómo terminaba aquella guerra de Troya.

---

6. agarrar *tr.* 抓住，攥住
7. ahogarse *prnl.* 淹死，窒息
8. sumergir *tr.* 使浸入，使沉入
9. sujetar *tr.* 握住，抓住
10. desvelar *tr.* 揭露，披露（秘密）
11. acabar con 消灭，毁坏
12. flecha *f.* 箭
13. puntería *f.* 瞄准力
14. acertar *tr.* 命中

那么，阿喀琉斯就这样被完全保护起来了吗？并没有。这是因为忒提斯必须抓着阿喀琉斯身体的某个部位，才能保证在把阿喀琉斯浸入不朽之水时，他不会被淹死。而她抓的地方就是阿喀琉斯的脚后跟。因此，脚后跟就是阿喀琉斯全身上下唯一会受伤的地方。

这个秘密只有阿喀琉斯和他的母亲忒提斯知道，所以这位希腊英雄能够冒任何风险，因为他知道自己不会有受伤或死亡的危险。直到有一天，阿喀琉斯向他的一个朋友透露了这个秘密，他的朋友又告诉了另一个朋友，他朋友的朋友又告诉了另一个朋友，于是，阿喀琉斯并非真的刀枪不入的消息就这样传开了。

事实证明，说出这样一个重要的秘密简直是一个弥天大错。特洛伊人最终知道了怎样打败可怕的阿喀琉斯，并利用了他们所知道的这一信息。在一次战斗中，一个特洛伊人以高超的技巧射出了一支箭，这支技法精湛的箭射中了阿喀琉斯的脚后跟，所以他死了。阿喀琉斯别无选择，只能和众神一起上到奥林匹斯山，看看特洛伊战争最后会如何结束。

52. EL CABALLO DE MADERA DE TROYA

La forma de poner fin a[1] la guerra fue hallada[2] por Odiseo, el más astuto de los griegos. Siguiendo su consejo, el ejército griego fingió[3] renunciar[4] al sitio de la ciudad y embarcarse para regresar a su patria. En cambio[5] la flota se escondió detrás de una isla no muy lejana.

Sobre la playa, los griegos dejaron solamente un enorme caballo de madera. En su interior se habían ocultado Odiseo y algunos de sus compañeros. Cuando los troyanos vieron la playa desierta[6], creyeron que la guerra había terminado y salieron jubilosos[7] de la ciudad.

En la playa hallaron el enorme caballo e, incitados[8] por un griego que fingía haber traicionado[9] a sus compañeros, decidieron llevarlo a la ciudad.

Luego, durante todo el día, festejaron[10] con vino y danzas la finalización de la guerra. Finalmente, cansados, se durmieron profundamente.

1. poner fin a 结束
2. hallar *tr.* 找到
3. fingir *tr.* 假装
4. renunciar *tr.* 放弃
5. en cambio 相反，然而
6. desierto, ta *adj.* 荒凉的
7. jubiloso, sa *adj.* 欢天喜地的，兴高采烈的
8. incitado *p.p.* de incitar *tr.* 煽动，鼓动
9. traicionar *tr.* 背叛
10. festejar *tr.* 庆祝

52. 特洛伊木马

结束战争的方法是由希腊人中最狡猾的奥德修斯找到的。根据他的建议，希腊军队假装不再围困特洛伊城，登船返回自己的家园。然而，事实上希腊舰队只是躲在不远处的一个岛屿后面。

在海滩上，希腊人只留下了一匹巨大的木马。奥德修斯和他的一些同伴躲在里面。特洛伊人看到荒凉的海滩，以为战争已经结束，兴高采烈地从城里走出来。

在海滩上，他们发现了那匹巨大的木马。在一个假装背叛了同伴的希腊人的煽动下，他们决定把木马带到城里。

然后，他们喝酒、跳舞，整整一天都在庆祝战争的结束。最后，疲惫的人们陷入了沉睡。

Apenas la ciudad quedó en reposo[11], se abrió el vientre del caballo y de su interior comenzaron a salir los griegos de Odiseo, quienes dieron muerte silenciosamente a los centinelas[12] que custodiaban[13] las murallas y abrieron las puertas de la ciudad. Luego hicieron señales a la flota, que acudió inmediatamente.

Todo el ejército griego entró en la ciudad. La matanza[14] fue horrorosa. Casi todos los hombres fueron muertos y las mujeres llevadas cautivas[15] a Grecia. También murió Príamo. Troya fue destruida. Menelao pudo rescatar a su esposa.

---

11. reposo *m.* 安静，宁静
12. centinela *m.f.* 哨兵，守卫
13. custodiar *tr.* 守护，看守
14. matanza *f.* 屠杀
15. cautivo, va *adj.* 被抓住的，被俘虏的

城池一静下来，奥德修斯的希腊士兵们便打开马肚，从里面钻了出来，无声无息地杀死了城墙守卫，打开了城门。然后他们向舰队发出信号，舰队立即赶了过来。

整个希腊军队都进入了特洛伊城，之后是令人恐怖的大屠杀。几乎所有男人都被杀死，女人则被俘虏到希腊。普里阿摩斯也死了，特洛伊城被彻底摧毁。墨涅拉俄斯得以救出他的妻子。

53. LAS LUCHAS EN EL PAÍS DE LOS CÍCONES

Cargados de valioso botín[1], los reyes griegos habían emprendido el viaje de retorno, cada uno directamente a su propia y lejana ciudad. También Odiseo zarpó[2] con sus naves, ansioso de arribar a su pequeña isla de Ítaca, de la cual era rey.

Luego de largos días de navegación, Odiseo y sus compañeros avistan tierra: es el país de los cícones.

Los cícones habían sido, los aliados[3] de los troyanos y, por consiguiente, enemigos de los griegos; el grupo de los aqueos, a las órdenes de Odiseo, se arroja sobre la ciudad más próxima y, luego de incendiarla, se ensaña[4] contra sus habitantes, después de un despiadado saqueo[5].

Mientras los aqueos festejan la victoria sobre la playa, acuden a ellos nuevas tropas de cícones, bien adiestrados[6] y conocedores de la estrategia que emplean los invasores, y el combate se reanuda[7].

Esta vez son los compañeros de Odiseo quienes deben ceder, ante el aplastante[8] número y el ímpetu[9] de sus enemigos.

Los aqueos se refugian en sus embarcaciones[10] y se hacen a la mar, pero muchos de ellos han quedado sobre las playas, atravesados por las lanzas de los cícones.

1. botín *m.* 战利品，赃物
2. zarpar *intr.* 启航，起锚
3. aliado *m.* 同盟者
4. ensañarse *prnl.* 肆虐

53. 喀孔涅斯人

希腊各个城邦的国王带着宝贵的战利品，启程直接返回自己那遥远的城市。奥德修斯也带着他的船起航，迫切地想回到他的伊萨卡岛，而他正是那里的国王。

经过几天的航行，奥德修斯和他的随从们看到了陆地：喀孔涅斯国。

喀孔涅斯人曾是特洛伊人的盟友，因此是希腊人的敌人。在奥德修斯的命令下，一群亚该亚人冲进了离他们最近的城市，在城中无情地掠夺、残暴地杀害那里的居民，并一把火将城市点燃。

当亚该亚人在海滩上庆祝胜利时，一批训练有素、对入侵者使用的策略了如指掌的喀孔涅斯军队来到他们身边。战斗又重新开始。

这一次，面对敌人激昂的斗志，寡不敌众的奥德修斯和他的同伴们不得不屈服。

亚该亚人躲在他们的船上逃回了海上，但仍有许多同伴被留在了海滩上，被喀孔涅斯人的长矛刺穿。

---

5. saqueo *m*. 抢掠，抢劫
6. adiestrar *tr*. 训练
7. reanudar *tr*. 继续，重新开始
8. aplastante *adj*. 压倒之势的
9. ímpetu *m*. 猛烈，迅猛
10. embarcación *f*. 船只

54. LOS QUE COMÍAN LOS LOTOS[1]

Unas infernales tormentas los estuvieron zarandeando[2] durante nueve largos días seguidos, hasta que al décimo llegaron, por fin, a una isla, donde la gente sólo tomaba fruta y flores de loto como alimento. Esta flor tenía propiedades extrañas y misteriosas[3], era dulce como la miel[4], pero producía unos raros efectos secundarios[5] a quienes la comían. El que comía la flor del loto, se olvidaba del pasado y tampoco podía recordar lo que se había planteado para el futuro.

Cuando los hombres de Odiseo llegaron, fueron invitados amablemente por la gente de la tierra a comer la dulce comida. Su poder mágico empezó a actuar en ellos inmediatamente por eso cayeron en un profundo letargo[6]. Perdieron todos los deseos de futuro, y a ellos el mar y el barco les parecían aburridos y odiosos. Además, no estaban ansiosos por ver a su esposa, a su hijo y a su reino.

Cuando no vio rastro[7] de sus hombres volviendo, Odiseo empezó a sospechar. Se puso en marcha con algunos hombres bien armados para averiguar[8] la verdad. No tardó en descubrir el efecto mágico de la comida. No permitió que sus seguidores tocaran la planta, les ordenó que arrastraran[9] a sus perezosos amigos de vuelta a su barco. Allí les hizo atar a los bancos hasta que durmieran el efecto dañino del loto. Sin dudarlo, zarparon, dejando atrás a los soñadores que comían lotos.

---

1. loto *m.* [植] 埃及白睡莲
2. zarandear *tr.* 猛烈摇动
3. misterioso, sa *adj.* 神秘的，神奇的

54. 吃莲的人

在经历了九天炼狱般的风暴之后，他们终于在第十天到达了一个小岛。岛上的人们以莲子和莲花为食。这种花具有奇怪而神秘的特性，它像蜂蜜一样甜，但吃了它会让人会产生一些奇特的副作用。吃了莲花的人不但忘记了过去，而且也不记得未来要做什么。

当奥德修斯的手下到达时，岛民们热情地邀请他们品尝这甜美的食物。莲子的魔力立即在他们身上起作用，使他们陷入了昏睡状态。他们失去了对未来的希望，海和船在他们看来那么无聊而且令人讨厌。他们不再归心似箭，不再急于见到自己的妻儿，也不再想回到自己的王国。

眼看着手下们没有返回的迹象，奥德修斯开始起了疑心。他和其他手下全副武装一起去一探究竟。很快他就发现了那种食物的魔力，于是他不许手下们碰那种植物，并下令把那些嗜睡的伙伴们拖回船上。回到船上，奥德修斯下令把他们捆在凳子上，并吩咐直到莲子的魔力失效才能把他们放开。然后，奥德修斯和他的同伴们毫不犹豫地扬帆起程，将那些昏昏欲睡的食莲者们甩在了身后。

---

4. miel *f.* 蜜，糖蜜
5. secundario, ria *adj.* 第二的；次要的
6. letargo *m.* 昏睡
7. rastro *m.* 足迹，痕迹
8. averiguar *tr.* 调查，查明
9. arrastrar *tr.* 拉，拖

55. ODISEO Y EL CÍCLOPE[1] POLIFEMO

Largos días navegaron con buen viento y al fin Odiseo y sus hombres alcanzaron a ver una hermosa isla. Era aquella isla el pueblo de los cíclopes que eran un pueblo salvaje de gigantes con un solo ojo.

Al llegar a tierra vieron una cueva, y en ella encontraron un montón de quesos. Pero cuando salían, un monstruoso cíclope llamado Polifemo les bloqueó[2] colocando una enorme piedra en la entrada de la cueva. Después de meter a sus ovejas en la cueva, Polifemo soltó una gran carcajada[3], y se comió a dos soldados.

A la mañana siguiente, el malvado[4] gigante se comió a otros dos soldados. Luego, se llevó a sus ovejas a pastar, y tapó[5] nuevamente la entrada de la cueva, para que Odiseo y sus hombres no pudiesen escapar. Odiseo registró[6] toda la cueva buscando un arma, y encontró el bastón del gigante. Afiló[7] uno de sus extremos hasta dejarlo muy puntiagudo[8].

Para hacer que Polifemo se confiase, Odiseo le dio un barril[9] lleno de vino muy fuerte sin aguar. Cuando Polifemo le preguntó su nombre, Odiseo le dijo que se llamaba Nadie. Cuando el gigante, borracho, cayó dormido, Odiseo y sus hombres tomaron una lanza fraguada[10] y la clavaron[11] en el único ojo de Polifemo. Éste empezó a gritar a los demás cíclopes que Nadie le había herido, por lo que entendieron que Polifemo se había vuelto loco, entonces los cíclopes se marcharon.

---

1. cíclope *m.* 独眼巨人

55. 奥德修斯和独眼巨人波吕斐摩斯

奥德修斯一行人顺着海风航行了很久，终于来到了一个美丽的岛屿，那里住着野蛮的独眼巨人。

当他们到达陆地时，看到了一个洞穴，里面还有很多奶酪。但就在他们要离开的时候，一个名叫波吕斐摩斯的巨大独眼巨人在洞穴入口放了一块巨石挡住了他们。波吕斐摩斯把羊赶进山洞后，哈哈大笑起来，还吃了两个士兵。

第二天早上，邪恶巨人又吃了两个士兵。然后，他带着他的羊去放牧，还把洞口又重新堵住，让奥德修斯和他的手下无法逃脱。奥德修斯翻遍整个洞穴搜寻武器，最后找到了巨人的拐杖，并把拐杖的一端削尖。

为了获取波吕斐摩斯的信任，奥德修斯给了他一桶没有被水稀释的烈酒。当波吕斐摩斯问他叫什么名字时，奥德修斯告诉他自己名叫 Nadie（意为“没有人”）。当喝醉酒的巨人睡着后，奥德修斯和他的手下拿起那根削好的长矛刺进了波吕斐摩斯的一只眼睛。波吕斐摩斯向其他独眼巨人呼喊到“没有人”伤害了他。那些独眼巨人以为是波吕斐摩斯疯了，于是都离开了。

---

2. bloquear *tr.* 包围，封锁
3. carcajada *f.* 哈哈大笑
4. malvado, da *adj.* 极坏的，凶恶的
5. tapar *tr.* 遮，盖
6. registrar *tr.* 检查
7. afilar *tr.* 弄尖，磨快
8. puntiagudo, da *adj.* 尖的
9. barril *m.* 桶
10. fraguar *tr.* 锻造
11. clavar *tr.* 钉，钉住

Por la mañana, Odiseo ató a sus hombres y a sí mismo al vientre[12] de las ovejas de Polifemo. Cuando el cíclope llevó a las ovejas a pastar, palpó[13] sus lomos para asegurarse de que los hombres no las montaban, pues al estar ciego no podía verlos. Pero no palpó sus vientres, así huyeron los hombres.

Cuando las ovejas (y los hombres) ya estaban fuera, Polifemo advirtió que los hombres ya no estaban en su cueva. Cuando se alejaban navegando, Odiseo gritó a Polifemo:

– ¡No te hirió Nadie, sino Odiseo!

Desafortunadamente, no sabía que Polifemo era hijo de Poseidón. Debido a esto, Poseidón causó gran cantidad de problemas a Odiseo durante todo el resto de su viaje y obligó a Odiseo a vagar[14] por los mares durante 10 años.

---

12. vientre *m.* 腹部，肚子
13. palpar *tr.* 触摸，碰
14. vagar *intr.* 流浪，游荡

第二天早上，奥德修斯把他的手下和他自己绑在波吕斐摩斯的羊肚子上。当独眼巨人带领羊群去放牧时，他摸了摸羊群的背，以确保奥德修斯一行人没有骑在羊背上，因为他唯一的眼睛也已经瞎了，什么都看不到了。然而他没有摸羊肚子，所以奥德修斯一行人成功逃走了。

当羊群（和人）出来后，波吕斐摩斯才注意到洞穴里已经没有人了。当奥德修斯的船离开岛屿时，他对波吕斐摩斯喊道：

“不是‘没有人’伤害你，伤害你的是奥德修斯！”

不幸的是，奥德修斯不知道波吕斐摩斯是海神波塞冬的儿子。因此，海神波塞冬在接下来的航行中给奥德修斯制造很多麻烦，迫使奥德修斯在海上漂泊长达十年之久。

56. ODISEO Y EL ODRE[1] DE LOS VIENTOS

Tras huir de la isla de los cíclopes la siguiente etapa llevó a Odiseo y los suyos hasta la isla flotante de Eolo, el rey de los vientos que vivía acompañado de su esposa y sus hijos.

Eolo conocía a Odiseo, héroe de la gran guerra de Troya, y lo recibía con hospitalidad[2]. Odiseo lo divertía[3] con las historias del mundo y de sus gentes. El último día, el dios del viento le hizo un regalo precioso.

– Se trata de un odre que contiene todos los vientos. Todos, menos el que sopla dirección Ítaca. – dijo Eolo –, podréis llegar a vuestra patria. Este viento os llevará. Sólo debes evitar abrir el odre. Contentísimo[4], Odiseo ordenó a los suyos partir inmediatamente.

Las naves de Odiseo avanzaban veloces[5]. De noche, aquél estuvo cansado y el sueño le venció. Pero, el resto de griegos sentía una curiosidad enorme por saber qué le había entregado Eolo. Suponían tesoros valiosísimos. Decidieron echar una ojeada, rápida, sin más. Abrió el odre y se desató[6] la madre de los vientos.

En medio de gigantescas olas, el temporal[7] los devolvió a la isla de Eolo. Eolo se extrañó al volver a ver a los griegos.

---

1. odre *m*. 皮囊，酒囊
2. hospitalidad *f*. 热情好客
3. divertir *tr*. 使愉快
4. contento *adj* 高兴的，contentísimo 为它的最高级形式
5. veloz *adj*. 快速的，飞快的
6. desatar *tr*. 解开，松开
7. temporal *m*. 风暴

56. 奥德修斯与风之囊

逃离独眼巨人岛后，船带着奥德修斯一行人来到了风神埃俄罗斯的浮岛，他与妻子和孩子一起生活在这里。

风神知道特洛伊战争的英雄奥德修斯，并热情接待了他。奥德修斯给他讲世界各地人文趣事，逗风神开心。最后一天，风神送给了他一份珍贵的礼物。

“那是一个皮囊，里面装了所有的风，除了吹向伊萨卡的风。”风神说，“只要你不打开这个皮囊，风就会带你回到你的家乡。”奥德修斯喜出望外，命令手下立即启程离开。

奥德修斯的船正在快速前进。晚上，疲惫的奥德修斯进入了梦乡。但是其他人非常想知道风神到底给了他什么。他们猜想那里面一定是无价之宝，于是决定快速打开，只看一眼就关上。当他们打开皮囊的一刹那，风之母被释放了。

在巨浪中，风暴将他们送回了风神岛。见到奥德修斯他们又回来了，风神惊讶不已。

– ¿Qué hacéis aquí?

Preguntó Eolo. Odiseo se lamentó. Se quedó dormido, sus compañeros abrieron el odre a sus espaldas[8] y…

El dios del viento lo cortó. Se enfadó. Sospechaba algo terrible. Tal calamidad haría posible que sobre él pesara la mayor de las maldiciones[9]. Y Eolo se fue, no quiso saber nada de Odiseo. Los griegos partieron de nuevo. Sus caras reflejaban el desánimo[10]. Y eso que desconocía lo que les espera…

---

8. a sus espaldas *adv. loc.* 背着某人，不当着某人的面
9. maldición *f.* 诅咒
10. desánimo *m.* 沮丧，气馁

他问：“你在这里做什么？”

奥德修斯哀叹着说因为他睡着了，他的同伴偷偷打开了皮囊，所以……

风神打断了他的话，显得非常生气，怀疑有什么可怕的事情要发生，因为只有当一个人受到可怕的诅咒时，才会发生这样的灾难。风神离开了，他不想知道关于奥德修斯的任何事情。奥德修斯一行人只得再次离开了。他们神情沮丧，不知道等待他们的将会是什么……

57. ODISEO Y LOS LESTRIGONES

Después de un fatigoso viaje, sorteando[1] vientos y tormentas, las naves de Odiseo arribaron en cierta ocasión al país de los lestrigones.

El puerto era excelente. Los marineros dirigieron las naves a través de una estrecha bocana bordeada de rocas; después de haber fondeado[2], ataron fuertemente sus naves una a otra. Sólo Odiseo, embargado por un presentimiento[3], permaneció fuera de la bahía[4], amarrando su nave a una enorme roca.

Inmediatamente escaló un alto acantilado[5] para desde la cima poder descubrir si allí vivían seres humanos. Pero ni rastro, por ninguna parte se veían huellas; sólo divisó unas lejanas columnas de humo que ascendían hacia el cielo.

Envió entonces a unos hombres para que averiguasen qué clase de habitantes poblaban este país.

Los observadores enviados por Odiseo caminaron a lo largo de un sendero[6] por el que circulaban carros cargados de madera, que transportaban desde las montañas a la ciudad. Muy cerca de la ciudad encontraron a una muchacha que, delante mismo de las puertas de acceso a la ciudad, recogía agua de la fuente Artakia.

Era la gigantesca hija de Antifates, rey de los lestrigones. Cortésmente[7] preguntaron a la muchacha quién era el rey de este país y qué pueblo era este.

---

1. sortear *tr.* 避开
2. fondear *tr.* 停泊，抛锚（船只）
3. presentimiento *m.* 预感

57. 奥德修斯和拉斯忒吕戈涅斯

历经千辛万苦，躲避风雨，奥德修斯的船只抵达了拉斯忒吕戈涅斯人的国度。

港口非常好。水手们指挥船只通过一条狭窄的岩石口。抛锚后，他们把船紧紧地绑在一起。只有奥德修斯，预感指引着他，让他留在海湾外，将船停泊在一块巨大的岩石旁。

他立即爬上一座高高的悬崖，从山顶上可以发现那里是否有人居住。但是没有发现任何痕迹，哪里都找不到人类活动的踪迹，只看到远处冲天而起的烟柱。

于是，奥德修斯派了几个手下去探查这个国家居住着什么样的居民。

他们沿着一条小路走着，看见马车将山里的木头运到城里。在离城很近的地方，他们看见了一个女孩站在城门前，正从阿塔基亚泉里打水。

她是拉斯忒吕戈涅斯的国王安提法特斯的巨人女儿。他们礼貌地问这个女孩谁是这个国家的国王，这里又是什么地方。

---

4. bahía *f.* 小海湾
5. acantilado *m.* 悬崖，峭壁
6. sendero *m.* 小路
7. cortésmente *adv.* 有礼貌地

La hija del rey les señaló entonces la casa de su padre. Al penetrar los compañeros de Odiseo en el palacio real, sólo encontraron allí a la esposa del rey, una mujer de gigantesca estatura, tan alta como la cima de una montaña. Los amigos de Odiseo se intranquilizaron, el espanto y el horror se apoderó[8] de ellos. La reina envió inmediatamente unos mensajeros para que el rey regresase al palacio.

Y éste, llegó a marchas forzadas al palacio, sujetó[9] inmediatamente a uno de los hombres y se lo comió con piel y pelos. Los restantes compañeros de Odiseo, aterrorizados, huyeron inmediatamente, mientras el rey Antifates, profiriendo gritos estentóreos[10], reunía a todo su pueblo. De todas partes llegaban lestrigones persiguiendo, con su rey a la cabeza, a aquellos extranjeros hasta el puerto.

Desde lo alto de los acantilados empezaron a lanzar y arrojar enormes rocas contra las naves que permanecían amarradas unas a otras, y las encarcelaban en aquella bahía. Las gigantescas rocas lanzadas por aquellos gigantes se estrellaban una y otra vez contra las naves y las destruían.

Los lestrigones corrieron luego rápidamente hacia la bahía y con sus armas arrojadizas[11] atravesaron a los amigos de Odiseo que, para salvarse, se habían arrojado al agua, pero que ahora eran pescados por los lestrigones, arrastrados a sus casas y luego comidos.

Odiseo cortó rápidamente las amarras[12] con las que había sujetado su nave a una roca, y ordenó a sus compañeros supervivientes que remasen[13] con todas sus fuerzas. La proa[14] de su nave cortaba las olas. De esta forma pudo escapar la única nave de Odiseo.

---

8. apoderarse *prnl.* 占领，（情绪）支配
9. sujetar *tr.* 制约，固定住
10. estentóreo, a *adj.* 洪亮的

国王的女儿随后带着他们去了她父亲的宫殿。当奥德修斯的手下进入王宫时，他们只看到了国王的妻子。那是一个身材巨大的女人，足足有山顶那么高。奥德修斯的朋友们变得不安，恐惧和害怕占据了他们。王后立即派使者让国王回宫。

国王迈着振聋发聩的步伐走进王宫，然后立刻抓起一人，一口吞了下去。其他人见状，惊恐万分，立即逃走，而安提法特斯国王则发出震耳欲聋的呐喊，召集了他所有的人。拉斯忒吕戈涅斯人从四面八方赶来，跟着国王一直追到港口。

他们从悬崖顶部扔下巨石，抛向那些停泊在海湾，拴在一起的船只。巨石一次又一次地砸在船上，摧毁了所有船只。

然后巨人们迅速跑向海湾，刺穿了奥德修斯朋友们的胸膛，他们本想跳入海中自救，但现在他们被拉斯忒吕戈涅斯人抓住，拖到他们的家里，然后被他们吃掉。

奥德修斯迅速切断了他将船系在岩石上的缆绳，并命令幸存者们竭尽全力划船。他的船头穿过海浪，成为奥德修斯唯一一艘得以逃脱的船。

---

11. arrojadizo, za *adj*. 可投掷的
12. amarra *f*. 缆绳
13. remar *intr*. 划船
14. proa *f*. 船舶的头部

58. LA AVENTURA DE ODISEO EN EL PALACIO DE CIRCE

Tras la terrible experiencia de Odiseo y sus hombres con los feroces lestrigones, y la pérdida de tantos hombres, la siguiente parada de este grupo de guerreros de Ítaca fue una pequeña isla llamada Eea.

Odiseo envió al mejor y más sensato de sus hombres, Euríloco, al mando de un grupo de guerreros, para buscar alimentos y bebida.

El grupo comandado[1] por Euríloco se adentró en la isla, y después de un gran trecho[2] andando, vieron a lo lejos, en lo alto de una colina, un majestuoso palacio de piedra. ¡Y qué sorpresa al encontrarse tras la puerta a una hermosísima mujer! Era sin duda la mujer más bella que habían visto nunca.

– Bienvenidos. Me llamo Circe, hija de Helios, rey del sol, y de Perseis, ninfa hija del océano. Estoy muy contenta de que hayáis decidido visitar mi isla.

La hermosa mujer ofreció a los hombres suculentos[3] manjares[4] y el mejor de los vinos que tenía. Y todos comenzaron a comer y a beber con ansias, menos Euríloco, que seguía sin fiarse a pesar de la amabilidad de esa mujer.

Todo parecía normal. Sus hombres comían con gusto, reían y disfrutaban de ese momento. Pero tras beber la última gota de la botella de vino, Circe sacó una varita[5] mágica y convirtió a todos los hombres en cerdos. Después, les llevó al establo[6].

---

1. comandar *tr.* 指挥，领导

58. 奥德修斯在喀耳刻宫的冒险

在经历了残暴的拉斯忒吕戈涅斯人并且失去了很多同伴之后，奥德修斯和他的手下接下来来到了一个名为埃埃亚的小岛。

奥德修斯派出他最优秀、最聪明的人欧律洛克斯率领一群战士去寻找食物和饮料。

欧律洛克斯率领的一行人进入了小岛，走了很长一段路后看到远处一座小山顶上，有一座雄伟的石头宫殿。他们惊讶地发现，里面竟然有一个美丽的女人。毫无疑问，她是他们见过的最美丽的女人。

“欢迎光临。我的名字是喀耳刻，太阳神赫利阿斯和海神珀尔赛斯的女儿。我很高兴诸位来到我的岛屿。”

这位美丽的女人为男人们提供了美味佳肴和最好的葡萄酒。除了欧律洛克斯，其他人都狼吞虎咽地大快朵颐。尽管那个女人很热情，他仍然不信任她。

一切似乎都很正常。他的手下吃得开心极了，人们笑着享受着一切。但在喝完酒瓶里最后一滴酒之后，喀耳刻拿出一根魔杖，把所有的男人都变成了猪，然后把他们带到了牲畜圈里。

---

2. trecho *m.* 距离
3. suculento, ta *adj.* 味美的
4. manjar *m.* 食物
5. varita *f.* 棍棒
6. establo *m.* 畜栏

59. EL REGALO DE ATENEA

Euríloco, al ver aquello, salió corriendo de allí y avisó a Odiseo, quien, muy enfadado, tomó su espada y pidió a su hombre que le llevara al palacio. No pensaba perder a todos sus hombres de esa forma.

– Ten mucho cuidado, Odiseo, esa mujer es una hechicera[1]. Te podría transformar en cualquier animal… o hacerte olvidar tu patria.

Pero Odiseo fue muy afortunado. A mitad de camino, salió a su encuentro Hermes, mensajero[2] de los dioses, con una flor en la mano.

– Alto, Odiseo, detente un momento. Come esta flor que te envía Atenea y los hechizos de Circe no te harán efecto.

Odiseo le hizo caso[3] y se comió aquella flor. De esta manera, cuando se presentó ante Circe, ya no tenía ningún miedo.

– ¿Dónde están mis hombres? ¿Qué hiciste con ellos? – le dijo Odiseo.

– No tengas tanta prisa, valiente guerrero. Come y bebe antes todo lo que quieras. Después, te devolveré a tus hombres si es lo que deseas.

---

1. hechicera *f.* 巫师，巫婆
2. mensajero *m.* 信使，使者
3. hacer caso a *loc.* 理睬，重视

59. 雅典娜的礼物

欧律洛科斯见状，连忙跑去向奥德修斯报告。奥德修斯听了非常生气，拿起剑，让欧律洛科斯带他去宫殿。他不想就这样失去他所有的人。

“小心点，奥德修斯，那是个女巫。它可以把你变成任何动物……或者让你忘记你的祖国。”

好在奥德修斯非常幸运。半路上，众神的使者赫尔墨斯拿着一朵花出现在他面前，

“停下，奥德修斯，请等一下。吃掉雅典娜送给你的这朵花吧，这样喀耳刻的咒语就不会对你有任何影响了。”

奥德修斯听了他的话，吃了那朵花。这样一来，当他出现在喀耳刻面前时，已经没有任何恐惧。

“我的人在哪里？你对他们做了什么？”奥德修斯问道。

“不要这么着急，勇敢的战士。先饱餐一顿吧，想吃什么，想喝什么都可以。然后，如果你愿意的话，我就把你的人还给你。”

Odiseo sabía que ella tramaba[4] algo, pues era muy astuta, pero estaba tranquilo. La flor de Atenea le protegería de todo. Así que comió y bebió, y cuando Circe quiso convertirlo en cerdo con su varita mágica… ¡No pudo hacerlo!

– ¿Cómo? ¿Por qué no puedo transformarte en cerdo a ti? – preguntó inquieta la bella mujer.

– Nada de lo que hagas contra mí te servirá porque estoy protegido por los dioses- le respondió Odiseo – Y ahora, llévame hasta mis hombres.

Circe comenzó a enamorarse desde ese momento de aquel valiente guerrero. Le llevó hasta el corral y con ayuda de una pócima[5] que vertió sobre ellos, les devolvió la forma humana.

---

4. tramar *tr*. 暗中策划

5. pócima *f*. 汤药

奥德修斯知道这是她的诡计，因为她很狡猾。他不动声色，因为雅典娜的花会保护他免受一切伤害。于是他又吃又喝，而当喀耳刻试图用她的魔杖把他变成一头猪时……她竟然失败了！

“怎么回事？为什么我不能把你变成一头猪？”这个美丽的女巫不安地说到。

“你对我做的任何事都没用，因为我受到众神的保护。”奥德修斯回答，“现在，带我去找我的人。”

从那一刻起，喀耳刻便爱上这个勇敢的战士。她把他带到猪圈，在它们身上倒下一瓶药水，在药水的作用下，所有的猪又恢复了人形。

60. EL CONSEJO DE CIRCE

– No temáis más... no volveré a hechizaros[1]– dijo Circe- Podéis quedaros en el palacio tanto como deseéis.

– Echo mucho de menos mi tierra, Ítaca – le dijo Odiseo a Circe- ¿Podrías ayudarnos para volver?

Circe no deseaba que Odiseo se fuera. Estaba enamorada de él, pero sentía su dolor y sabía que debía dejarle partir.

– Antes de volver al barco, deberías consultar al adivino Tiresias de Tebas.

– Pero él vive en el inframundo[2].

– Sí, el camino será peligroso, pero él es el único que ve el futuro y él podrá decirte si debes partir o no. Si regresarás algún día a tu tierra o es un viaje sin sentido...

Odiseo decidió hacer caso a Circe, y puso su barco rumbo[3] al Hades.

Odiseo llegó hasta la puerta del Hades. Para que la losa de la entrada se abriera, tuvo que ofrecer numerosos sacrificios en memoria de los muertos, y vertió miel, leche y harina. Entonces, la puerta se abrió, y Odiseo pudo pasar sin problema. En el Hades, Odiseo se encuentra con su madre Anticlea, a Aquiles, y guerreros muertos en Troya. Pero, tuvo que hacer un gran esfuerzo y taparse[4] los oídos para seguir adelante. El miedo que sentía era atroz[5], pero Odiseo consiguió vencerlo.

---

1. hechizar *tr.* 施巫术
2. inframundo *m.* 冥界
3. rumbo *m.* 方向，道路

60. 喀耳刻的忠告

“不要怕，我不会对你们施巫术了。”喀耳刻说，“你们想在王宫里待多久都可以。”

“我真的很想我的王国，伊萨卡。”奥德修斯告诉喀耳刻，“你能帮我们回去吗？”

喀耳刻不想让奥德修斯离开，因为她已经爱上了他，但她能感受到他的痛苦，知道她必须放手让他离开。

“在返回船上之前，你应该先去征求泰瑞西亚斯的建议，他是底比斯的一个算命先生。”

“可是，他住在冥界！”

“是的，这条路很危险，但他是唯一能看到未来的人，他会告诉你到底该不该离开。你是否会回到你的土地，又或许这就是一次毫无意义的旅行……”

奥德修斯决定听喀耳刻的话，并让他的船驶向哈迪斯。

奥德修斯到达了哈迪斯之门。为了让通往地下的大门打开，他不得不献上无数祭品以纪念死者，并倒入蜂蜜、牛奶和面粉。然后，门打开了，奥德修斯顺利地进入了冥界。在冥界，奥德修斯遇见了他的母亲安提克里亚、阿喀琉斯和在特洛伊被杀的战士。但他不得不用力捂住耳朵继续前进。他感到难以忍受的恐惧，但他最终克服了恐惧。

---

4. tapar *tr.* 堵，塞
5. atroz *adj.* 难以忍受的

Al poco apareció el adivino Tiresias.

– Ya estás aquí, Odiseo… Te esperaba.

– Me gustaría conocer el futuro – le dijo entonces Odiseo.

– Todo lo que puedo decirte, valiente guerrero, es que pasarás muchas dificultades, y que el viaje será largo, muy largo, pero al final, conseguirás regresar a tu patria. El mar está furioso, porque han cegado[6] al hijo de Poseidón. Por eso lo pagará con todos los que navegan en este momento. Pero no desesperes. Sigue adelante, porque al final obtendrás tu recompensa[7].

Tras pronunciar estas últimas palabras, Tiresias desapareció, y Odiseo y sus hombres regresaron al palacio de Circe, en donde descansaron durante todo un año.

---

6. cegar *tr.* 使眼瞎，使失明
7. recompensa *f.* 好处，补偿

很快，算命先生泰瑞西亚斯出现了：“你来了，奥德修斯，我一直在等你。”

“我想知道未来。”奥德修斯说。

“勇敢的战士，我只能告诉你，你会遇到很多困难，路会很长，很长，但最终，你一定能回到自己的祖国。大海在怒吼，因为你们弄瞎了波塞冬的儿子，所以你们航行中遇到的一切困难都是因此付出的代价。但是，请你不要绝望，继续前进，因为最终你会得到你的回报。”

说完最后这一句话，泰瑞西亚斯就消失了。奥德修斯和他的手下回到了喀耳刻的宫殿，在那里休息了整整一年。

61. SIRENAS DEL MAR

Había una isla en el mar, y al borde de los acantilados[1] rocosos vivían las tres hermanas sirenas, que cantaban canciones mágicas. Las sirenas, mitad humanas, mitad pájaros, se sentaban en un campo de flores y cantaban canciones que agitaban los corazones de la gente. Las canciones eran tan dulces que conducían[2] al choque con las rocas y la destrucción de los barcos que pasaban por la isla. Tanto los marineros como los barcos que pasaban por allí fueron seducidos[3] hasta la destrucción y nadie se salvó.

Odiseo siguió el consejo de la diosa Circe. Antes de que la nave llegara a un lugar donde se pudiera escuchar la canción, Odiseo se encadenó[4] a sí mismo al mástil[5] y ordenó a los hombres bajo su control que se taparan los oídos con cera.

Pronto Odiseo escuchó el encantador sonido del canto. El canto era tan bonito que luchó por liberarse de sus ataduras[6] y gritó a sus ayudantes que navegaran hacia las hermanas sirenas que cantaban en los prados floridos, pero nadie le hizo caso. Los marineros dirigieron el barco hasta que, por fin, dejó de oírse la canción. Sólo entonces desataron a Odiseo y se quitaron la cera de los oídos.

Esta vez los cantos de las sirenas no sirvieron para nada. La mayor de las tres hermanas, Partherope, estaba profundamente enamorada de Odiseo. Cuando su barco se alejó, ella se tiró al mar.

---

1. acantilado *m.* 悬崖
2. conducir *tr.* 致使，造成
3. seducir *tr.* 吸引，迷住

61. 海妖塞壬

在一个海岛的悬崖峭壁边居住着会唱魔歌的海妖塞壬三姐妹。人头鸟身的塞壬姐妹们坐在一片花丛里，用歌声搅动人心。甜美的歌声吸引了过往的船只，让船撞上礁石，最后船毁人亡。过往的水手和船只都受到迷惑而死，且无一幸免。

奥德修斯遵循女神喀耳斯的忠告。船只还没驶到能听到歌声的地方，奥德修斯就把他自己拴在桅杆上，并吩咐手下用蜡把他们的耳朵堵住。

不久石岛就进入了他们的视线。奥德修斯听到了迷人的歌声。歌声如此令人神往，他挣扎着想解除束缚，并向随从叫喊着让他们驶向正在繁花茂盛的草地上唱歌的海妖姐妹，但没人理睬他。水手们驾驶船只一直向前，直到最后再也听不到她们的歌声时，他们才给奥德修斯松绑，取出了他们耳朵中的蜡。

这次塞壬海妖们的歌声没有起到作用。三姐妹中的老大帕耳塞洛珀深深地爱慕着奥德修斯。当他的船只驶离后，她就投海自尽了。

---

4. encadenar *tr.* 用链条拴住
5. mástil *m.* 桅杆
6. atadura *f.* 束缚，捆绑

62. ODISEO Y ESCILA Y CARIBDIS

Tras escapar de las seductoras sirenas, los barcos de Odiseo continuaron su trayecto[1] de camino a Ítaca, el hogar al que el guerrero deseaba regresar. Muy cerca de éstas, a uno y otro lado del estrecho de Mesina vivían dos de los monstruos marinos más terroríficos[2] y voraces[3], Escila y Caribdis.

Caribdis, ese ser enorme y con gran apetito, era hija del dios Poseidón y la diosa Gea.

Decían que era capaz de destrozar un barco entero y tragarse a todos sus tripulantes[4]. Caribdis conseguía crear un gran remolino[5] en el mar del que nadie podía escapar.

Odiseo recordó el consejo de Circe. Ella le advirtió de la fuerza devastadora[6] de Caribdis, y recomendó a Odiseo y los suyos pasar más cerca de Escila que de Caribdis, a pesar de tener que enfrentarse[7] al otro terrible monstruo: Escila.

Recordando todo esto, Odiseo dio esta orden a su tripulación:

– ¡Remad[8], remad todo lo rápido que podáis! ¡Acercaron lo máximo posible al acantilado de la derecha! ¡Debemos alejarnos de Caribdis!

Justo en ese otro lado era el lugar en donde se escondía Escila, un monstruo de seis cabezas, cuellos larguísimos, doce

---

1. trayecto *m.* 路途
2. terrorífico, ca *adj.* 可怕的
3. voraz *adj.* 贪婪的
4. tripulante *m., f.* 船员
5. remolino *m.* 漩涡

62. 奥德修斯和斯库拉和卡吕布狄斯

逃离海妖的迷惑之后，奥德修斯的船只继续前往他们的家园，渴望回到自己的家乡伊萨卡。在离海妖不远的墨西拿海峡两侧，住着两个最可怕和最贪婪的海怪斯库拉和卡吕布狄斯。

这个食欲旺盛的庞然大物卡吕布狄斯是海神波塞冬和盖亚女神的女儿。

据说她能够摧毁整艘船并吞下船上的所有船员。卡吕布狄斯设法在海中制造了一个巨大的漩涡，任何人都无法逃脱。

奥德修斯想起了喀耳刻的忠告。她说卡里布迪斯具有毁灭性的力量，尽管不得不面对另一个可怕的怪物：斯库拉，但还是建议奥德修斯尽量离卡吕布狄斯远一些，离斯库拉近一些。

想到这儿，奥德修斯命令他的船员：

“快划，大家用最快的速度划船！尽可能靠近右边的悬崖！我们必须离开卡吕布狄斯！”

---

6. devastador, ra *adj*. 摧毁性的，毁灭性的

7. enfrentarse *prnl*. 面临，面对

8. remar *intr*. 划船

patas y una fuerza titánica.

Nada más ver los barcos de Odiseo, el monstruo marino consiguió atrapar[9] a alguno de los tripulantes y se los tragó sin más. Odiseo no tembló:

– ¡No dejéis de remad! ¡Rápido, más rápido!

El resto de barcos, incluido el de Odiseo, consiguieron atravesar el canal sin tener que lamentar más bajas[10]. De esta forma, Odiseo pudo continuar con su viaje.

9. atrapar *tr.* 抓住
10. baja *f.* 伤亡

另一边恰好就是斯库拉藏身的地方，一个长着六头、长脖子、十二条腿、力气惊人的巨大的怪物。

海怪一看到奥德修斯的船，就抓住了一些船员，将他们吞了下去。奥德修斯没有害怕：

“不要停！快，再划快点！”

其余船只，包括尤利塞斯的船只，在没有造成更多伤亡的情况下成功越过海峡。就这样，奥德修斯得以继续他的旅程。

63. ISLA DEL SOL

Rebasada[1] esa horrenda región marina, los griegos arriban a la isla del sol, que pertenece a Helios, al Sol. Odiseo dijo a sus compañeros que no mataran a ninguna vaca ni a ninguna oveja en la isla del sol porque Circe le había advertido que si lo hacían, los Dioses los castigarían dándoles muerte.

Así que la nave echa las amarras[2] y los marineros bajan a la playa. Comían, dormían, descansaban. Por la mañana, se levantaba un viento endemoniado[3]. Imposible partir. Pero se sucedían los días y el viento no disminuían. Las provisiones[4] se acabaron. Como un fantasma siniestro[5] surgía el hambre.

Odiseo se separa del grupo para suplicarle a los dioses que le muestren el camino. Caminando llega a la cumbre más alta de la isla y, se quedaba dormido.

Ahora sí, ahora el hambre se desbocó[6]. Otra vez Euríloco exclamó ante sus compañeros:

– ¿Habremos de dejarnos morir con los brazos cruzados?¡ Mirad qué prodigiosos animales, cuánta carne!

Los griegos, dominados por el hambre, sacrifican varios bueyes, los cuecen y se los comen.

Odiseo se despertó. Tal vez fue el olor mismo que le llegó lo que hizo que se despertara. Un olor a carne cocida, a grasa quemada. Comprendió de golpe y gritó, quejándose ante los dioses.

Como resultado, murieron todos los hombres menos Odiseo, porque él no había participado en la matanza.

63. 太阳岛

希腊人经过那片可怕的海洋区域后，到达了属于太阳神赫利俄斯的太阳岛。奥德修斯让他的同伴们不要宰杀太阳岛上任何一头牛羊，因为喀耳刻警告过他，如果他们这样做了，众神就会杀死他们以示惩罚。

于是水手们抛下锚链，固定好船只，来到海滩吃饭、睡觉、休息。早上，刮起了一股邪恶的风。船没办法出发。但日子一天天过去，狂风不止，补给也吃完了。饥饿就像一个不祥的鬼魂出现了。

奥德修斯离开人群，想请众神给他指路。当他爬到岛上最高的山峰时，一下就睡着了。

当下饥饿肆虐。欧律洛科斯再次在他的同伴面前惊呼：

“我们就这样任由自己饿死吗？看看这些健壮的动物，我们可以有多少肉吃啊！”

在饥饿的驱使下，希腊人杀了几头牛，把它们煮来吃掉了。

奥德修斯醒了。也许正是那种煮熟的肉味和一股烧焦的脂肪味让他惊醒。他突然明白了，尖叫起来，向众神诉苦喊冤。

结果，除了奥德修斯，所有人都死了，因为他没有参与杀牛。

---

1. rebasar *tr.* 越过，度过
2. amarra *f.* 锚链
3. endemoniado, da *adj.* 邪恶的
4. provisión *f.* 供给，食物
5. siniestro, tra *adj.* 不祥的
6. desbocarse *prnl.* 失控，肆虐

64. ODISEO EN LA ISLA DE CALIPSO

Calipso era hija de Helio (el Sol) y Perseis. Recibió hospitalariamente[1] a Odiseo cuando su nave naufragó[2]. Le proporcionó manjares y bebidas, así como cobijo en su propio lecho para su descanso y total recuperación. Con el tiempo Calipso se enamoró profundamente de él y ya no quiso que se marchara. Para retenerlo, le ofrecía la inmortalidad[3] para que Odiseo se quedara para siempre con ella.

Ella era conocida por su música y canciónes, y las usó para encantarlo[4] durante siete años en su isla. Sin embargo, el deseo de Odiseo de volver con su esposa Penélope y su hijo Telémaco se hizo más fuerte, y trató de escapar, pero ella no lo dejó.

En virtud de ello Atenea, que era diosa de la sabiduría y protectora de Odiseo, rogó a Zeus para que enviara a Hermes donde estaba Calipso y le ordenara que dejara ir a Odiseo, a lo cual Zeus cedió.

Calipso estaba enfadada al principio, pero no le quedó otra opción más que obedecer lo dispuesto por Zeus. Le proporcionó al héroe madera para construir una embarcación[5], provisiones para el viaje, e indicaciones de cuales astros debía seguir para encontrar el camino a casa.

---

1. hospitalariamente *adv.* 热情地
2. naufragar *intr.* （船只）失事，遇难
3. inmortalidad *f.* 永生，不死
4. encantar *intr.* 使着迷
5. embarcación *f.* 船只

64. 卡吕普索岛上的奥德修斯

卡吕普索是太阳神赫利欧和珀尔赛斯的女儿。当奥德修斯的船遭遇海难时，她热情地招待了他，为他提供食物和饮料，并让他在自己的床上休息，直至完全康复。随着时间的推移，卡吕普索深深地爱上了他，不愿意让他离开。为了留住他，卡吕普索赐予他永生，这样她就可以永远和奥德修斯在一起。

卡吕普索擅长音乐和唱歌，并利用这一长处迷住了奥德修斯，使他在岛上呆了七年。然而，奥德修斯想要回到他的妻子佩内洛普和儿子忒勒马科斯身边的愿望变得越加强烈。他试图逃跑，但没有成功。

鉴于此，奥德修斯的保护者智慧女神雅典娜请求宙斯派赫尔墨斯去找卡吕普索，命令她放走奥德修斯。宙斯同意了。

卡吕普索起初很生气，但她别无选择，只能服从宙斯的命令。她为英雄提供了造船的木头、旅途的补给品，并告诉他应该要跟着哪些星星才能找到回家的方向。

65. ODISEO EN LA ISLA DE LOS FEACIOS

Cuando Odiseo, con la ayuda de su amante, construyó la barca con la que abandonó la isla, habían pasado diez años. Diez años en los que la mayoría humana y divina lo daba por muerto. Incluso Poseidón, su enemigo. Cuando el dios del mar descubrió a Odiseo navegando en su barca tuvo un ataque de ira y destrozó la balsa[1] con un auténtico maremoto[2].

Odiseo consiguió llegar a una costa desconocida: la isla de los Feacios. Era de noche. Exhausto, se tumbaba en la orilla. Atenea se compadecía y le infundió[3] un dulce sueño.

Mientras dormía Odiseo, Atenea fue al pueblo de los feacios, donde reinaba Alcínoo, penetró en el palacio de éste y llegó a la habitación de Nausícaa, su hija. Atenea se lanzó como un soplo de viento a la cama de la joven, se puso sobre su cabeza y la instó[4] a lavar sus vestidos en sus sueños.

Cuando despertó Nausícaa tomó un carro y fue con sus siervas a lavar sus vestidos junto al río. Luego se pusieron a jugar a la pelota. Una pelota se escapó de las manos de una de ellas y se fue rodando[5] justo al lado de Odiseo. El rey de Ítaca se despertó, se levantó, miró a su alrededor, confundido. Su aspecto era horrible: el salitre[6] y las algas[7] cubrían su cuerpo, tenía una barba dura de varios días, y unas guedejas[8] de pordiosero[9].

---

1. balsa *f.* 木筏
2. maremoto *m.* 海啸
3. infundir *tr.* 激起，使产生
4. instar *tr.* 要求

65. 菲埃克斯岛上的奥德修斯

当奥德修斯在情人的帮助下造好了离开岛屿的船只时，已经过去十年了。在这十年中，人类和神圣的大多数人认为他已经死了。这当中就有他的敌人波塞冬。当海神波塞冬发现奥德修斯正乘小船在海上航行时，大发雷霆，掀起海啸摧毁了木筏。

奥德修斯最终来到了菲埃克斯人的岛屿。天已经晚了，奥德修斯筋疲力尽，躺在岸边。雅典娜很同情他，让他进入了一个甜蜜的梦乡。

在奥德修斯睡觉的时候，雅典娜来到阿尔基诺斯国王统治的菲埃克斯城，进入王宫，径直来到他女儿娜乌西卡的房间。雅典娜像一阵风一样冲到女孩的床边，俯在她耳边，在她的梦里告诉她让她去洗衣服。

娜乌西卡一醒来，就乘上一辆马车，和她的女仆一起去河边洗衣服，然后又开始打球。球从其中一人的手中滑落，恰好滚到了奥德修斯身旁。伊萨卡国王奥德修斯醒了，他站起身，四处张望，一头雾水。他的样子看起来很可怕：硝石和藻类覆盖着他的身体，胡子拉碴，还有乞丐般的长发。

---

5. rodar *intr.* 滚动
6. salitre *m.* 硝石
7. alga *f.* 藻类
8. guedeja *f.* 长发
9. pordiosero, ra *m.,f.* 乞丐

Las muchachas al verlo gritaron de espanto y salieron corriendo. Pero, Nausícaa no. Nausícaa era la más noble, la más hermosa: era la hija del rey.

Él le preguntó si era mortal o era una diosa, y la alabó[10] por su extrema belleza. Le pidió que lo guiara a la ciudad y le diera ropa. Ella aceptó gustosamente. Se bañó, Atenea lo embelleció aún más, y las siervas le dieron comida y bebida.

Entonces con ayuda de Nausícaa y su padre, el rey Alcínoo, Odiseo logró volver a Ítaca.

10. alabar *tr.* 称赞，赞美

女孩们一看到他，就吓得尖叫起来，全逃跑了。但娜乌西卡没有跑。娜乌西卡是国王的女儿，是她们当中最高贵、最美丽的女孩。

奥德修斯问她是凡人还是女神，还称赞她有绝世美貌。他请求娜乌西卡带他到城里，给他衣服。娜乌西卡欣然接受。奥德修斯沐浴更衣，并在雅典娜的帮助下，变成了一个英俊的男人。娜乌西卡的女仆们给他拿来饭菜酒水让他填饱肚子。

然后在娜乌西卡和他的父亲阿尔基诺斯国王的帮助下，奥德修斯最终回到了伊萨卡。

66. PENÉLOPE ESPERA A ODISEO

La guerra de Troya había terminado hacía tiempo y Odiseo no volvía a su casa en Ítaca donde le esperaba su esposa Penélope y su hijo Telémaco. Resulta que Odiseo se entretuvo[1] en el camino con las sirenas y con muchos otros seres mágicos mientras que en su palacio de Ítaca, Penélope ya no sabía cómo despistar[2] a todos los pretendientes[3] que querían casarse con ella.

Como Odiseo no volvía de la guerra de Troya, los caballeros de Ítaca se acercaron al palacio de la reina Penélope para que eligiera otro marido. Pero Penélope solo quería a Odiseo y estaba dispuesta a esperarle todo el tiempo. Además, ninguno de los pretendientes le gustaba ni siquiera un poco.

– Odiseo ha muerto en la guerra de Troya, porque si no, ya tendría que haber vuelto – le decían los pretendientes. Pero Penélope sabía en el fondo de su corazón que Odiseo no había muerto y que antes o después volvería a casa.

Pasaba el tiempo y Odiseo no volvía. Y los pretendientes se ponían cada vez más pesados[4] para que Penélope eligiera un nuevo marido. Así que no le quedó más remedio que ceder un poco, pero como era tan ingeniosa[5] como Odiseo, se le ocurrió una idea para ganar tiempo antes de elegir un pretendiente. Porque ella estaba segurísima de que algún día Odiseo volvería, solo había que tener un poco de paciencia.

---

1. entretenerse *prnl.* 耽搁
2. despistar *tr.* 原意为“使失去踪迹”，此处意译为“甩掉”。
3. pretendiente, ta *m.,f.* 追求者

66. 等待奥德修斯回家的妻子珀涅罗珀

特洛伊战争早已结束了，但奥德修斯却没有回到伊萨卡的家。他的妻子珀涅罗珀和儿子忒勒马科斯一直在家里等他回来。原来奥德修斯一路上被海妖塞壬和其他许多神奇的生灵耽搁了回家的旅程。而与此同时在伊萨卡的宫殿里，珀涅罗珀却不知道该如何甩掉那些求婚者。

由于奥德修斯没有从特洛伊战争中回来，伊萨卡的骑士们来到珀涅罗珀王后的宫殿，要求她另选丈夫。但珀涅罗珀只爱奥德修斯，愿意一直等他，而且她一点都不喜欢那些求婚者。

“奥德修斯在特洛伊战争中死了，否则他现在应该已经回来了。”求婚者们七嘴八舌地说着。但珀涅罗珀心里明白，奥德修斯并没有死，他迟早会回家的。

时间缓缓流逝，而奥德修斯还没有回来。为了让珀涅罗珀选一个新丈夫，求婚者们变得越来越烦人了。她别无选择，只能稍作让步。但她像奥德修斯一样足智多谋，想出了一个好办法能让她在做出选择前多争取一些时间，因为她相信奥德修斯总有一天会回来，现在只需要耐心等待。

4. pesado, da *adj.* 烦人的

5. ingenioso, sa *adj.* 聪明的

– Elegiré a uno de vosotros cuando termine de tejer esta manta que estoy haciendo – dijo Penélope. Y les enseñó un trozo de una manta que estaba tejiendo.

Los pretendientes se quedaron satisfechos aunque no sabían muy bien cuánto tardaría Penélope en hacer la manta. Así que se pasaban los días esperando y esperando y a veces iban a ver a Penélope en el telar[6], pero la manta seguía igual que el primer día.

– No lo entiendo. – decía un pretendiente, – nunca termina de tejer la manta.

Lo que no sabían los pretendientes era que Penélope era más lista que todos ellos juntos. Durante el día veían a Penélope tejer durante horas y horas, pero no veían lo que hacía por la noche. Porque Penélope no podía dormir de las ganas que tenía de volver a ver Odiseo, así que se levantaba de la cama, se iba hasta su telar y deshacía todo lo que había hecho durante el día. Así nunca acabaría de tejer la manta. La paciencia de Penélope tuvo su premio porque un buen día, tal y como ella intuyó[7] siempre, Odiseo volvió y echó a todos los pretendientes de allí.

6. telar *m.* 织布机

7. intuir *tr.* 预料，想象

珀涅罗珀说："等我织完这条毯子，我就从你们中选一个。"她还向他们展示了她正在编织的一块毯子。

尽管求婚者们不太清楚珀涅罗珀要花多长时间来织这条毯子，但他们都很开心。于是，他们等啊等啊，有时会去看在织布机旁的珀涅罗珀，但毯子还是和第一天一样。

"我不明白。"一位求婚者说，"她为何一直没织好毯子。"

求婚者们不知道的是，珀涅罗珀比他们所有人都要聪明。他们白天看着珀涅罗珀编织了几个小时，但他们没有看到她在晚上做了什么。因为她迫不及待地想再见到奥德修斯，所以她晚上会失眠，便起身下床，来到她的织布机前，拆掉白天织好的的毯子。这样一来，她就永远也织不完这条毯子了。珀涅罗珀的耐心等待终于得到了回报，就像她一直想象的那样，有一天，奥德修斯回来了，并赶走了所有的求婚者。